我们曾在青春的路上相逢

丁立梅 著

U0754648

北方联合出版传媒(集团)股份有限公司

万卷出版有限责任公司

ⓒ 丁立梅 2022

图书在版编目（CIP）数据

我们曾在青春的路上相逢 / 丁立梅著. — 沈阳：
万卷出版有限责任公司，2022.10（2023.5重印）
ISBN 978-7-5470-6003-2

Ⅰ.①我… Ⅱ.①丁… Ⅲ.①散文集—中国—当代
Ⅳ.①I267

中国版本图书馆CIP数据核字（2022）第081452号

出 品 人：王维良
出版发行：北方联合出版传媒（集团）股份有限公司
　　　　　万卷出版有限责任公司
　　　　　（地址：沈阳市和平区十一纬路29号　邮编：110003）
印 刷 者：辽宁新华印务有限公司
经 销 者：全国新华书店
幅面尺寸：145mm×210mm
字　　数：200千字
印　　张：8
出版时间：2022年10月第1版
印刷时间：2023年5月第2次印刷
责任编辑：胡　利
责任校对：张　莹
封面设计：仙　境
版式设计：李　雪
ISBN 978-7-5470-6003-2
定　　价：38.00元
联系电话：024-23284090
传　　真：024-23284448

目　录

第一辑　初心

第二辑　我们曾在青春的路上相逢

第三辑　草木有本心

第四辑　舌尖上的思念

第五辑　生命是一场感恩

第一辑
初心

初心是什么？是春天的第一棵嫩芽，刚刚钻出土来；是秋天的第一滴晨露，栖落在花蕊间；是夏天的青荷，送出第一缕香；是冬天的飘雪，在大地上印上初吻。

祖母的葵花

我总是要想到葵花，一排一排，种在小院门口。

是祖母种的。祖母侍弄土地，就像她在鞋面上绣花一样，一针下去，绿的是叶。再一针下去，黄的是花。

记忆里的黄花总也开不败。

丝瓜、黄瓜是搭在架子上长的。扁扁的绿叶在风中婆娑，那些小黄花，就开在叶间，很妖娆地笑着。南瓜多数是趴在地上长的，长长的蔓，会牵引得很远很远。像对遥远的他方怀了无限向往，蓄着劲儿要追寻了去。遥远的地方有什么？一定是爱情。我相信南瓜定是痴情的女子，在一路的追寻中，绽放大朵大朵黄花。黄得很浓艳，是化不开的情。还有一种植物，被祖母称作"乌子"的。它像爬山虎似的，顺着墙脚往上爬，枝枝蔓蔓都是绿绿的，一直把整座房子包裹住了才作罢。忽一日，哗啦啦花都开了，远远看去，房子插了满头黄花呀，美得让人心醉。

最突出的，还是葵花。它们挺立着，情绪饱满，斗志昂扬，迎着太阳的方向，把头颅昂起，再昂起。小时候我曾奇怪于它怎么总迎着太阳转呢，伸了小手，拼命拉扯那大盘的花，不让它看太阳，但我手一松，它弹跳一下，头颅又昂上去了，永不可折弯的样子。

凡·高在1888年的《向日葵》里，用大把金黄来渲染葵花。画中，一朵一朵葵花，在阳光下怒放，仿佛是"背景上迸发出的燃烧的火焰"。凡·高说，那是爱的最强光。在颇多失意颇多彷徨的日子里，那大朵的葵花，给他幽暗沉郁的心，注入最后的温暖。

我的祖母不知道凡·高，不懂得爱的最强光，但她喜欢种葵花。在那些缺衣少吃的岁月里，院门前那一排排葵花，在我们心头，投下最明艳的色彩。葵花开了，就快有香香的瓜子嗑了。这是一种香香的等待，这样的等待很幸福。

葵花结籽，亦有另一种风韵。沉甸甸的，望得见日月风光在里头喧闹。这个时候，它的头颅开始低垂，有些含羞，有些深沉，但腰杆仍是挺直的。一颗一颗的瓜子，一日一日成形，饱满，吸足阳光和花香。葵花成熟起来，蜂窝一般的。祖母摘下它们，轻轻敲，一颗一颗的瓜子就落到祖母预先放好的匾子里。放在阳光下晒，会闻到花朵的香气。一颗瓜子，就是一朵花的魂啊。

瓜子晒干，祖母会用文火炒熟，这个孩子口袋里装一把，那个孩子口袋里装一把。我们的童年，就这样香香地过来了。

如今，祖母老了，老得连葵花也种不动了。老家屋前，一片空落的寂静。七月的天空下，祖母坐在老屋院门口，坐在老槐树底下，不错眼地盯着一个方向看。我想，那里，一定有一棵葵花正在开放，开在祖母的心窝里。

初心

初心是什么？

是春天的第一棵嫩芽，刚刚钻出土来；是秋天的第一滴晨露，栖落在花蕊间；是夏天的青荷，送出第一缕香；是冬天的飘雪，在大地上印上初吻。

是大敞特敞的门户，热切地拥抱一切。哪怕风雨雷电，哪怕毒蛇猛兽。

初心里，哪有什么风雨雷电呢！哪有什么毒蛇猛兽呢！是相信这个世界的所有。相信鲜花，相信彩虹，相信笑容，相信温柔，相信纯真和善良，相信承诺。哪怕是谎言，哪怕是欺骗，也是坚信不疑的。

是那样竭尽全力想对一个人好，想爱这个世界，想与之天长地久。

是看不得悲伤、眼泪和疼痛。

是没有得失恩怨，没有猜忌、不安和阴谋。

是毫不设防。

是随时随刻，准备倾囊相赠。

是花好月圆，日日都是人间四月天。

羡慕小孩子。

每个小孩，都有一颗初心。

看两个陌生的小孩初相见，是颇有意思的。

根本不用大人引见，他们早已从对方身上，嗅出同类的气味。像两只小狗相遇，就那么好奇地、专注地，打量着对方，仿佛在打量另一个自己。

然后，一个突然不好意思地跑开去，把一张小凳子搬来搬去，弄出很大的响声。甚至不顾大人的阻挠和斥责，故意把沙子撒到吃饭的碗里。其实哪里是调皮捣蛋，只不过用这种方式，吸引另一个注意。眼神清清楚楚地是朝着另一个的，那里面在热切地无声地说，你也来呀，你也来呀。

另一个立即读懂，欢快地跑过去，跟着玩起来。

笑是他们最好的语言。他们挨在一起，一个笑，咯咯咯。另一个笑，咯咯咯。也没什么好笑的，但他们就是望着对方，笑个不停。

他们一笑，全世界的花儿都开了。

也只一盏茶的工夫，他们俨然已成旧相识，到哪里都手牵着手的。他奔跑，她也奔跑。她跳跃，他也跳跃。她绕着一棵树转圈，他也绕着。他叫她，佳佳妹妹。她喊他，阳阳哥哥。是两支小溪流相遇，欢欢喜喜地汇聚到一起，里面倒映着一个蓝天。

告别时，已变得难分难舍，总要哭闹好久。

是真心的舍不得舍不得呀。全世界所有的玩具都拿来，也不敌眼前的这个哥哥这个妹妹呀。

大人们只觉得好笑，以为小孩健忘着呢，对他们这小小的初心，哪会当真。只是哄骗着，明天还会再来玩的呀。

他们破涕为笑，信以为真。哪里知道，人生有些相遇，只是偶尔的路过，再回不了头的。

可还是记得的呀。某天，他和她，玩着玩着，忽然丢下玩具，出一回神，嘴里碎碎念道，我想佳佳妹妹了。我想阳阳哥哥了。

是一朵花和另一朵花相遇，稍稍点一点头，就有无限的好意。初心晶莹，无关江山，无关风月，只关乎一个他，只关乎一个她。只想在一起，在一起。

不忘初心。有几人能做到不忘呢？

初相见，他对她说，我会一辈子对你好。眼神清亮，誓言叮当，地老天荒。

然一辈子太长了，走着走着，也就走岔了道。他不是他了，她亦不是她了。陌上相逢，只剩陌生。

林黛玉说，早知今日，何必当初。

傻姑娘她不知道的是，今日哪能和当初相比，当初捧出的是颗初心哪！是天也透亮，地也透亮。

人越长大，离初心就越远。

世间坚守一段生命容易，坚守一段初心，却难。

我们都把初心给弄丢了。

看荷

一到夏天，我就急不可耐吵那人，看荷去，看荷去。

公园里，原先有的，一方小水域里，植了百十株。每逢夏至，那片池，成了荷的天下，碧绿的叶，红粉的花，舞尽风情。

后来，荷却不见了，连一片叶子也瞧不见了。原先长荷的地方，泊着孩子们玩的小汽艇。盛夏里走过那里，一池的水在寂静。我以为，它们在怀念荷。

去别处看吧。听人说，某单位有。大院子中央，水泥浇筑的小池子里，栽了十来株，花开也亭亭。寻去，极负责任的门卫阻拦，看着我，很是严厉地问："干什么呢？"我语急，慌不择词："找人。""找谁？"他不依不饶。

答不出，只好实话实说："我想进去看荷。"

"看荷？"门卫狐疑地打量我，他肯定从没遇到过，以这样的理由，堂而皇之想进他们单位的。他没有放行。

我从铁栅栏外，遥见一抹红，我猜，是荷吧。心里念着，荷，我来看过你了。想起画家张大千的话来："赏荷、画荷，一辈子都不会厌倦！"荷担得起这样的喜欢。

那人驱车带我去邻近的兴化市，我终得以与荷重逢。公路两侧，乡野广阔，小小的水塘，大大的水塘，里面散落莲荷无数。雨后清凉，花打落不少，却有圆圆的叶，很随意地铺展在水面上。每片叶上，都汪着一捧晶莹，像一颗大大的心。诗人杨万里形容得好："却是池荷跳雨，散了真珠还聚。聚作水银窝，泻清波。"果真的泻清波啊！

附近劳作的农人，伸手遥指远处一丛芦苇，笑着告诉我们："那后面还有更多的藕呢，藕花开得也多。"他不说荷，他说藕，这等叫法，有骨子里的亲近。他才是真正亲荷的人。

农人慷慨地要借了小船给我们，让我们划过去看。我们谢绝了他的好意。还是不打扰荷的清静吧，就这样站在水塘边，看着也好。天空高远，大地澄清，荷们独自舞蹈。花多以白色为主，凝脂一般的。间或有一点两点的红，俏立在青绿细高的茎上，红唇微启。是花骨朵儿。最有看头的，还数那些圆润的荷叶，它们是水面上盛开的绿的花朵。

问农人："每年都长吗?"农人答："每年都长呢。我们这里水多，盛产藕。"听了，由衷高兴，这是荷的幸运，也是农人的幸运。如此，年年相会。

想起我在念中学的时候，有女同学家在小镇附近，家里种了成亩成亩的荷。她是这样相邀的，去我家吃藕啊。花开时节，站她家田埂旁，张眼望去，碧绿的底子上，跳出一朵一朵的雪白和粉红，美得惊天动地。她不在意，她的父母不在意，他们采藕，清炒了吃，煮了吃，包了饼子吃，甚至，生吃。脆香。那里面附着荷花的魂呢。

好多年了，那个女生的姓名，我早已忘了。可是她的样子，却清晰地记得：胖胖的，有着藕一样雪白的肌肤。她的身后，荷花遍地。

温暖的苇花

芦苇的花，最不像花，像是用轻软的丝絮絮出来的。

出城，逢到有河的地方、有沟的地方，就能看到它。不是一棵一棵单独生长，要长，就是一片、一群。挤挤挨挨，勾肩搭背，亲亲密密。它们是最讲团结精神的。这一点，比人强。人有时喜欢离群索居，喜欢特立独行。所以，人容易孤独，而芦苇不。

风吹，满天地的苇花，齐齐的，朝着一个方向致意。它让我想起"蒹葭苍苍，白露为霜"那样的诗句来，那是极具苍茫寥廓、极具凄冷迷离的景象。可是，我眼前的苇花不，一点也不，我看到的，是一团一团的温暖。冬阳下，它像极慈眉善目的老妇人的脸，人世迢迢，历尽沧桑，终归平淡与平静。

我一步一步下到河沿，攀了两枝最茂盛的苇花。一旁的农人经过，看我一眼，笑笑。走不远，复又回过头来看我一眼，笑笑。他一定好笑我的行为，采这个做什么呢！

我是要把它带回家的。家里有花瓶，靛青色的，上面拓印着一片一片肥硕的叶。这是我的一个在江西读大学的学生，不远千里给我捎回来的。花瓶太大，没有花能配它。插两枝苇花进去，却刚刚好。苇花伸出长长的脖颈，在我的花瓶上方笑，绵软、温柔，一团和气。

来我家的人看到，惊奇一声，这不是芦苇吗！

当然是。寻常的物，换了一个环境，就显出不寻常来。有一句话讲，环境造就人。其实，环境也造就物的。

我的老父亲看到，吃吃笑出声来。他说，丫头，亏你想得出。我知道父亲笑什么，老家遍地芦苇，没人拿它当宝贝的。

冬天，农闲。家家要做的事，就是去沟边河边割芦苇，运回家当柴火。一丛一丛的芦苇倒下，苇花受了惊吓，噗噗噗，四下飞散，飞絮满天。农人的头上身上，都沾满苇花。他们把它当尘一样的，随便拍拍，轻描淡写。弯腰，却在小鸟用苇花垒成的窝里，捡到几只还温热着的鸟蛋。他们很高兴地把鸟蛋揣进怀里，哪里顾得上半空中，鸟的凄凄鸣叫呢。他们的眼前，晃过家里几个孩子菜青色的小脸。请原谅，贫穷年代，那是孩子的美食。

我的祖母用苇花絮过枕头和尿垫。她称苇花叫茅花。那个时候，天冷得嘎嘎叫啊，我的手冻得裂了口子，还是一条沟一条沟去摘茅花，摘回来给你爸絮枕头、絮尿垫。茅花软乎乎的，我的儿子枕在上面睡在上面就不冷了。——祖母每说到这儿，就停下来，眼神里波光乍现。她想起她初为人母的幸福时光了，多遥远哪。而我，总会在她的话里，发好一会儿的呆。我转身，看着头发已渐灰白的父亲想，这么老的父亲，也是被他的母亲疼大的。人类之所以能够生生不息，就是因为这样的爱啊，年年复年年，如苇花。

也见过村人用苇花编毛窝的，他们称这项活动叫"打草鞋"。

用茅草夹杂苇花捶打编织出来的毛窝，像毛茸茸的小船儿。天寒地冻，你冻僵的双脚伸进这"毛茸茸的小船儿"里，又轻软，又暖和，被冻僵的神经，一下子活络起来。贫穷年代，它默默无闻地温暖了多少双脚啊！

现在，毛窝已很少见了。今年，我去一个山沟沟里游玩，在一间供游人游览的旧作坊里，赫然见到毛窝。它们被染成五颜六色，一双一双串在一起，挂在墙上，成了艺术品。

花盆里的风信子

　　他一直不是个好学生，惹是生非，自由散漫，不学无术。老师们看到他就摇头，同学们也不待见他。为了让他少惹事，老师们对他很"宽容"："张星，这次考试，你可以不参加。""张星，星期天补课，你可以不来。"那么，好吧，他乐得逍遥，整日里游东逛西，打发光阴。偶尔坐在教室里，也是伏在桌上睡觉。

　　新来的女老师，有双美丽的大眼睛。女老师特别喜欢花草，自掏钱包，买来很多的花草装点教室。这个窗台上搁一盆九月菊，那个窗台上放一盆吊兰，教室被她装点得像个小花园。

　　那天，上课铃声响过后，他才拖拖沓沓进教室，却遇见女老师一双微笑的眼。女老师手上托一个小花盆，对他说："张星，这盆花放在你旁边的窗台上，交给你管理，可以吗？"

　　他有些意外，一时竟愣住了。定睛看去，花盆里只一坨泥，哪里有半点花的影子。女老师看出他的疑惑，笑吟吟说："泥里面埋着花的根呢，只要你好好待它，它会很快长出叶来，开出花来。"

　　他接下花盆，心慢慢湿润了，第一次有种被人信任的感觉。虽然表面上，他还是一副满不在乎的样子。

他极少再东游西荡，待在教室里的时间，也越来越长。他不再伏在桌上睡觉，他给那盆花松土、浇水，眼光总是不由自主地望向那只小花盆，心里充满期待。

春寒料峭的日子，那盆土里，竟钻出了嫩黄的芽。芽只有指甲大小，像羞怯的小虫子，探头探脑地探出泥土来。他忍不住一声惊叫："啊，出芽了!"心里的欣喜，排山倒海。同学们闻声而来，簇拥在他周围，和他一起观看泥土里的小芽芽。弱小的生命，在他们的守望中，渐渐抽枝长叶，渐渐蓬勃起来。三月的时候，葱绿的枝叶间，冒出了好几撮花骨朵，洇染着桃粉。不久，这些花骨朵慢慢绽开，居然是一盆漂亮的风信子。

他激动地拉来女老师。女老师低头嗅花，微笑地问他："张星，你知道风信子的花语是什么吗?"他茫然地摇摇头。女老师说："风信子的花语是，只要点燃生命之火，便可同享丰盛人生。"他没有吱声，若有所思地打量着那盆花。桃红的花朵，像燃烧着的小灯笼，把他黯淡的人生，照得色彩明艳。

他开始摊开课本，认真学习。本不是个笨孩子，成绩很快上去了。老师们都有些惊讶，说："张星啊，没看出你这小子还有两下子呀。"他羞涩地笑。坚硬的心，像窗台上的那盆风信子，慢慢地盛开了。有些疼痛，有些欢喜。做人的感觉，原来是这么的好。

后来，他毕业了。由于基础太差，他没能考上大学。但他却找到了自己的人生支点，租了一块地，专门种花草。经年之后，他成了远近闻名的花匠，培育出许多品质优良的花卉，其中，有各种各样的风信子。

才有梅花便不同

趁着天黑，去邻家院子边，折一枝梅回来。这有偷的意思了，——我是，实在架不住它的香。

它香得委实撩人。晚饭后散步，隔着老远，它的香就远远追过来，清清甜甜的。像撒娇的小女儿，甜腻腻地缠着你，让你架不住心软。我向东走，它追到东边。我向西走，它追到西边。我向南走，它追到南边。我向北走，它追到北边。黑天里看不见，但我知道它在那里，它就在那里，在邻家的院子里。一棵，只一棵。

白天，我在二楼。西窗口。我的目光稍稍向下倾斜，就可以看到它。邻家的院子，终日里铁栅栏圈着，有些冰冷。有了一树的梅，竟是不一样了。连同邻家那个不苟言笑的男人，他在梅树下进进出出，望上去，竟也有了几分亲切。一树细密的黄花朵，不疾不徐地开着，隔了距离看，像镶了一树的黄宝石。枝枝条条，四下里漫开去，它是想把它的欢颜与馨香，送到更远的地方去。一家有花百家香。花比人慷慨，从不吝啬它的香。

梅是大众情人，人见人爱，这在花里面少见。梅的本事，是一般的花学不来的。谁能在冰天雪地里，捧出一颗芬芳的心？谁能在满目的衰败与枯黄之中，抖搂出鲜艳？只有梅了。它从冬到春，在季节最为苍白最为寂寥的时候，它含苞，它绽放。它是冬天里的安慰，它是春天里的温暖。

喜欢关于梅的一则韵事。相传宋武帝的女儿寿阳公主，某天午睡，独卧于自己寝宫的檐下。旁有一树梅，其时花开正盛。风吹，有花落于公主额上，留下一朵黄色印记，拂之不去。宫人们惊奇地发现，公主因这朵黄色印记，变得更加娇媚动人了。从此，宫人们争相效仿，采得梅花，贴于额前，此为梅花妆。——原来，古代女子的对镜贴花黄，竟是与梅花分不开的。

我对着镜子，摘一朵梅，玩笑般地贴在额前。想我的前身，当也是一个女子吧，她摘过梅花吗？她对镜贴过花黄吗？想起前日里，去城南见一个朋友。暖暖的天，暖暖的阳光，空气中，有了春的味道。突然闻到一阵幽香，不用寻，我知道，那是梅了。果真的，街边公园里，有梅一棵，裸露的枝条上，爬满小花朵，它们甜蜜着一张张小脸儿，笑逐颜开。有老妇人在树旁打转，她抬眼，四下里看，趁人不备，折下一枝，笑吟吟地，往怀里藏。她那略带天真的样子，让我微笑起来，人生至老，若还能保持着这样一颗喜爱的心，当是十分十分可爱且甜蜜的罢。

亦想起北魏的陆凯。那样一个大男人，居然浪漫到把一枝梅花，装在信封里，寄给好朋友范晔，并赋诗一首："折花逢驿使，寄与陇头人。江南无所有，聊赠一枝春。"他把他的春天，送给了朋友。做这样的人的朋友，实在是件幸运且幸福的事。

我折回的梅，被我插在书房的笔筒里。简陋的笔筒，因了一枝梅，变得活泼起来俏丽起来。南宋杜耒写梅："寒夜客来茶当酒，竹炉汤沸火初红。寻常一样窗前月，才有梅花便不同。"诗里不见一字对梅的正面描写，却把梅的风骨全写尽了。梅有什么？梅有的，就是这样的与众不同啊！一地清月，满室幽香。那样一个寻常之夜，因窗前一树的梅，诗人的人生，活出了不寻常。

自是花中第一流

这几天晚上，我颇喜欢到一条路边去坐坐。

也是偶然的发现。某天，打那儿过，鼻子里送进来一缕香，浓甜的，缠绵不绝。我知道，是桂花。心里一阵欢喜，每年桂花的盛开，总是鼻子先知道。

我装着这样的欢喜回家。一到晚上，想散步了，脚步不由自主往那条路奔去，我要去相会桂花。

白天的桂花，自然也是香的。但我觉得，有黑夜做底子，那香气，才会格外纯粹，是白天的芜杂所不能比肩的。就像现在，路两边静了，秋虫在哪里的草丛里唧唧，叫得又轻柔又温软。绿化带里栽着的树木们，这个时候，不分你高我低了，它们浑然一体，都是一团暗墨，亲热的一家子。星稀月朗，黛青色的天幕，辽阔旨茫，好像是为了呼应这样的宁静。桂花们开始轮番登台。我可以想象到它们的样子，一个个撑着金黄的小伞，踮着小脚尖，鼓着小嘴，使劲地吹着香。或是，挥舞着金黄的衣袖，撒下一片又一片的香。远处人家的房子、灯光，近处的路，路上偶尔走过的行人，还有路旁的花草树木们，都沉没下去，迷醉了一般。桂花的香气浮上来，像水漫过来，天地之间，只剩它的香在游走。

张开嘴，轻轻咬上一口，那香，仿佛就钻进嘴里了。这个时候的空气像米糕，糯软的；又像酒，香醇的。桂花是酿酒的第一高手。想起李清照写的桂花："何须浅碧轻红色，自是花中第一流。"莞尔。想来她是极爱桂花的，比别的花要甚。我不独独爱桂花，也爱荷花、菊花、梅花、兰花等等。这世上，总有些好花，让人一见欢喜。如同这世上总有些好人，在支撑着这个世界的美好，让人心念转动，眼睛濡湿。

大自然让人恋恋的，是有这些好花在。人世间让人恋恋的，是有那些好人在。

就这样坐着，一个人，坐到双肩渐湿，——夜露降了。露蘸着桂花的香桂花的甜，露便也是香的便也是甜的。那么，我是扛着一肩的香和甜了。这么想着，我又笑了。也不知是哪里栽着的桂花树，我不去找，那根本不关紧，我只要闻着它的香。我来，它在。我不来，它也在，这就很好了。年轻时做过那样的傻事，喜欢的花，总想办法连枝剪下，插到家里的花瓶里，独自欣赏，以为那是爱它。等走过青春的浮躁、虚荣和执拗，岁月慢慢沉淀下来，渐渐明白了，占有未必就是拥有。有时，放手才是最好的成全。让它归于自然，各有各的路好走。

突然想起看过的一款美食，叫法直白得很，叫桂花藕粉羹。白瓷碗装着，琥珀色的藕粉羹之上，点缀着一小撮金黄的桂花。乍见之下，欢喜得很，金黄配了琥珀色，真是极尽温婉，想着入口一定极香甜柔滑，暖心又暖胃。很想尝试一下了。在这个星稀月朗的晚上，做上一碗桂花藕粉羹，慢慢喝下，当是件十分幸福的事。

花间小令

油菜花

我们该为一些花鼓掌。

譬如，油菜花。

春天，我把吃剩的半棵油菜，随手丢在水碗里，想不到它竟在水碗里兀自生长起来，碧绿蓬勃，欢欣鼓舞。

我觉得有趣，搬它至窗台，那里，春风几缕，日日眷顾。三五日后，它撑出一撮一撮的花苞苞，精神抖擞着。再一日，我早起，看到的竟是一碗的黄灿灿。——我水碗里的油菜花，已在不知不觉中，悄悄绽放了。

那是怎样的一种盛放啊，如井喷，如泉涌，不管不顾，酣畅淋漓，是把整个心都捧出来的一场燃烧。虽远离原野，可它却一点也不沮丧、不气馁，拿水碗当舞台，一招一式都丝毫不马虎，瓣瓣染金，朵朵溢彩。

我在屋里转一圈，就又凑到它的跟前去了。什么时候见它，它都是一副热心肠，捧出所有的金黄，是恨不得为你粉身碎骨的。所有的油菜花，原都是女中豪杰。

我很想向一朵油菜花学习，纯粹而热烈地活上一回，不辜负春风，不辜负自己。

葱 兰

葱兰这名字叫得好，又像葱又像兰。叶是葱绿，花是素白，墙角边蹲着，一排。或在花坛边立着，一圈。不吵不闹，安静恬淡，如乖巧的小女儿。

起初谁会注意到它呢？野草一般的，相貌实在平平。

我去收发室取信，路过图书楼，阴山背后就长了这么一棵棵。日日晴天，它却分享不到一点阳光，但它好像并不在意，照旧欢欢喜喜地生长着，绿莹莹的，如葱如韭。

后来的一天，花开了，小小的白，小白蛾似的，层出不穷地冒出来。在人的心上，扇动起讶异和温柔来，哦，它真是美！屋后的阴影，被它映照得一派明媚。

我摘一朵，带给收发室的大姐。大姐驼背，身体变形得厉害，据说是年少时一场病落下的。换作别人，早就自卑得不行，可她却活泼开朗，喜欢穿鲜艳的衣裳，喜欢摆弄头发，发型常换。每回见她，都是快快乐乐的，让你再灰暗的心，也跟着明快起来。

大姐把我送的花，很爱惜地用水杯养着。隔日再去，我人还未到近前，她就高兴地告诉我，你送的花还在开呀。去看，果真的，一小朵的白，在水杯里，盛放着，丝毫不减它的秀美。

它还有个别称叫韭菜莲，韭菜一样碧绿青翠，莲一样不蔓不枝，清新脱俗。亦是很形象很贴切。

婆婆纳

每次看到婆婆纳，我总忍不住要笑，是会心一笑。像见到一个可爱的人。

不管它只身在哪里，我都能一眼认出它。在云南的玉龙雪山上，在辽宁的冰峪沟里，或是在我的花盆中。花盆里一株杜鹃开得灼灼，它趴在杜鹃根旁，探着小小的脑袋，蓝粉的小脸，笑嘻嘻的。被杜鹃遮着挡着，亦不觉得委屈。

乡下广袤的田野里，沟边渠旁，到处有它。同属野草类，蒲公英和野蒿，长得又高挑又张扬，在风里招摇。它却内敛得很，趴在一丛茅草中，或是一棵桑树下，守着身下一片土，慢悠悠地，吐出一小片一小片的蓝，如锦，美得一点也不含糊。

我总要在它的名字上怔上一怔。婆婆纳，婆婆纳，是细眉细眼的小媳妇，孝顺、贤惠，一入婆家，就被婆婆喜着疼着。没有华衣美服，没有玉食珍馐，也没有姣好容貌，却心灵手巧、踏踏实实，把一段简朴的小家日子，过得红红火火，活色生香。

这世上，多的是平凡人生，只要用心去过，一样可以花开如锦。

木 槿

最初读《诗经》，我曾被"有女同车，颜如舜华"之句惊艳。这里的"舜华"，指的是木槿花。如木槿花一样的女子，该是何等美好。

木槿，乡下人不当花，是当篱笆的，院边栽一排，任它在那里缠缠绕绕。它在五月里开始开花，一开就是大半年光景，朝开暮落，白白紫紫，讨喜的小女孩般的，巧笑倩兮，一派天真。现在想想，那时的乡下小院，虽贫瘠着，然有木槿护着，又是多么奢侈华丽。

如今，城里多植木槿，路边，河旁，常能遇见。满目的深绿浅绿中，三五朵紫红，三五朵粉白，分外夺目，让遇见的心，会欢喜起来，哦，木槿呢！

乡下却少有它的踪迹了，喜欢木槿的老一辈人，已一个一个离去。乡下小姑娘来城里，不识路旁的木槿，我耐心地告诉她，这是木槿啊，以前乡下多着的。

这么说着，鼻子突然莫名地有些酸涩。时光变迁，多少的人非物也非，好在还有木槿在，年年盛放如许。

它又名无穷花。我喜欢这个名，生命无穷尽，坚韧美丽，生生不息。

四季海棠

我站在邻居家的院门前，看花。

那里长一蓬我不认识的花，满铺的小圆叶之上，碎碎的花瓣，抱成一团，朵朵红艳，实在好看。

邻居说，这是四季海棠啊。

你要吗？她热情地相问。我尚未答话，她已弯腰，咔嚓一下，掰下一枝来。——我都替它疼了。

邻居说，只要插到土里，它就能活。

我依言插到土里。不几日，这一枝四季海棠，竟变成了一大棵，生出无数的枝枝丫丫来。又过些日子，一棵变成了很繁茂的一簇，把整个花池都撑满了。

它开始安安心心地开花。也不急，一次只开一两朵，一瓣一瓣，慢慢开，总要等到五六天后，一朵花才全部开好，每瓣都红透了。看着它，我总觉得它像极会过日子的小主妇，节俭简朴，细水长流。

有时，我一连好些天忘了看它。再去看时，它还是那副气定神闲的样子，不紧不慢地开着它的花，一捧的肥绿，托着两三团艳红。时光在它那里，仿佛泊在老照片里的一缕月色，静谧而悠长。

霜降过几回，都有冰冻了。耐寒的菊们，也萎了精神。它却仍枝叶饱满，花开灼灼。路过的人会惊奇地说一声，瞧这海棠！肃杀清冷的日子，变得不那么难挨了。

人间四月天

这个时候，眼睛里看到的，都是好的。怎么看，都是好的。

人间四月天哪。

我从窗户里一探头，就看见屋旁人家院子里的桃花。那里，梅已开过，桃花开始"粉墨登场"。只一棵树，算不得繁密，像国画大师随意挥毫，勾勒出那么几枝，风骨却立时显露出来。一小朵一小朵粉红的花，撑在上头，凌空远眺，眼波流转，顾盼生姿。

我总要呆呆地望上一阵子，望得心里也开出花来。有好几次我都瞅见那户人家胖胖的妇人，在花树下拾掇着什么。妇人是个厉害的角色，常听她大着嗓门，在喝骂自家孩子，雷霆万钧。有一次，我还碰见她在小区门口跟人吵架，吐沫横飞，委实泼辣。这会儿，一树的花，映得她整个的人，水粉水粉的。她变得温柔可亲，落到我的眼里，也像画了。

总觉得桃花这样的花，豁达得很，群居来得，独处也来得。成片的桃园，它们你挤我挨，铺天盖地，波澜壮阔，美得人心慌意乱。然单单的一棵，也不显得冷落。乡村人家常常就长着这么一棵，四月天，它从屋后探出半个身子来。变魔术似的，掏出一朵花，再掏出一朵，无穷无尽，喷红吐粉。周围再多的麦绿花黄，也立即做了陪衬，只那半树的花，勾魂摄魄。

茶花开得就有些傻了。阳台上有一盆，从三月一直开到现在，越发开得无心无肺。瞧它盛开的架势，不把一个春天开完，是绝不罢休的。我有些惊讶的是它的凋谢，不是一瓣一瓣凋零，而是整朵整朵掉落。它算得上是花中真名士，即便谢了，也保持盛开的姿势。

也终于轮到垂丝海棠上台了，它擎着一树的花苞苞已等候多时。四月的东风一吹，它就满满地怒放了，红粉美艳，遮天蔽日。人在它边上走，有种锣鼓喧天鞭炮齐鸣的感觉。——让人产生这种感觉的，还有菜花。

菜花得去乡下看。

乡下的四月天，真是奢侈得不行，叫得上名儿叫不上名儿的植物们，都蓄着一股劲，开花的拼命开花，吐绿的拼命吐绿，没有哪一样，不是入得景上得画的。且不说桃花，不说梨花，不说杏花和苹果花，单单是野地里的蒲公英、一年蓬、婆婆纳和野菊花们，就足以晃花你的眼，你有些忙不过来了，不知道先看哪一样才好。

而成片的油菜花，简直让你的呼吸不能顺畅了。那种气势磅礴，那种淋漓尽致，那种不管不顾只埋头拼命焚烧般的盛开，真真叫人忧伤得很了。美到极致的事物，往往总令人发愁，不知拿它们怎么办才好。站在菜花地里，你的眼睛被染得金黄。你的脸庞被染得金黄。你的头发被染得金黄。你的手，你的脚，你整个的人，无一不被染得金黄。你也成了菜花一朵。来吧！燃烧吧！

让生命彻底地痛快一回。

惹看的，还有柳。有河的地方有。没河的地方也有。我见到一户人家屋前长柳，绿意轻染，让一幢小楼，变得秀气十足起来。古人喜折柳相赠，"柳条折尽花飞尽，借问行人归不归"。哎，为诗中人叹息，桃红柳绿时，最易相思。我想起牡丹花繁盛的洛阳城，多的是柳，街道两边，一棵伴着一棵。这四月天里，它们不定怎样的绿波纷扰、绊惹春风呢。

这个时候的春风，是可以煮着吃的。菜薹是香的。莴苣是香的。春韭是香的。还有蒜薹，烧肉是最好不过的，不吃肉，单拣那蒜薹吃了。烧鱼时若搁上一把蒜薹，鱼会变得格外的香，四月的好滋味，便在舌尖上缠绵。

桃花芳菲时

正月十五闹花灯，年轻的三奶奶在街市上看花灯，相遇到英俊的三爹。电光火石般的，两颗年轻的心，爱了。不多久，三爹托了媒人上门。

三奶奶是三爹用大红花轿红盖头迎进门的。那时，满世界的桃花开得妖娆，三奶奶的婆婆——我们那未曾谋面过的老太，站在小院里，正仰望着一树桃花。帮佣的端着一盆莲子走过来，老太咧着嘴乐，说，好兆头，多子多孙。但三奶奶婚后，却无一子半嗣。

过年的时候，我们几个小孩子，被祖母一径领着，走上六七里的路，去给三奶奶拜年。这已是若干年后的事了。我们的老太，也早已作了古。祖母再三关照，看见三奶奶不要乱说乱动，要祝三奶奶健康长寿。

房间里的光线总是暗，有一股水烟味。黄铜的水烟台，立在床头柜上，形销骨立的样子。三奶奶盘腿坐在床上，倚着红绸缎的花被子。她是个瘦小的女人，脸隐在一圈淡淡的光里面，看不十分清。她朝着我们说，好孩子，谢谢你们来看奶奶。然后递过红包来，那是给我们的压岁钱。我们敛了气地候着，祖母却客气地相挡，哪能要你的钱呢？

我们被祖母轰出房去，只留她们两个说话。我们乐得出去玩，门前有河，河上结冰，冰上散落着燃尽的爆竹屑。远远看去，像散落的花瓣。我们捡了泥块打冰飘。玩得肚子饿了，才想起已到饭时，回头去找祖母，只听得三奶奶幽幽说，我可是他大红花轿红盖头娶进门来的。后面是长长久久的静穆，有叹息声，落花似的。我们倚了门，呆一呆，那大红花轿红盖头的场面，该是何等的热闹？而三奶奶，定也是个水灵灵的人罢。

从没见过三爹，他的人远在上海。兵荒马乱年代，祖父的几个哥哥，都跑到上海去苦生活。三爹也去了，先是在上海轮船码头做苦力。后来拉黄包车。再后来，去戏园子做看门人。在那里，三爹遭逢到他生命里的一场艳遇。

爱上三爹的女人，是经常去戏园子看戏的。英俊的三爹，穿着镶白边的红礼服，站在戏园子门口迎客，惹得路过的女人频频相望。那个女人在数次相望后，再路过三爹身边，她把外面穿着的大衣脱下，塞到三爹手上。给我拿着，她用不容置疑的口吻说。三爹愕然，她回眸一笑。如此三两次，便熟识了。

后来，这个女人成了三爹在上海的太太。三爹托人捎口信给三奶奶，说，我对不起你，你另择好人家嫁了吧。三奶奶大哭一场，却不肯离去，她把话捎去上海，我可是你大红花轿红盖头娶回家的。三爹听后，长叹一声，再无话。

家里有人去上海，回来说起三爹，多半摇头。三太太，家里人这样称三爹在上海的女人。三太太不是个善茬啊，三爹在家做不了主的，大人们在一起谈论时，如是说。

三太太不喜欢这边的人过去，在小阁楼里摔盆子。三奶奶给三爹做的布鞋，也被三太太给退了回来。三太太说，侬自己穿好了。那个时候，三爹已和三太太生了两儿两女，儿女们都大了。三爹拉着去看他的家里人的手，背地里淌眼泪，说，见一回少一回哪。

也问起三奶奶，记忆里多半模糊。三爹说，她也老了吧？然后叹，我对不起她。一次，三爹瞒着三太太，塞了些钱给去看他的人，说，让她多买点吃的吧，告诉她，死了后，我一定葬在那边的。

回来的人，把三爹的话说给三奶奶听，三奶奶抚被大恸，哭得撕心裂肺。大家都吓坏了，团团围住她，不知怎样相劝才好。三奶奶抽抽噎噎着停下来，说，孩子们，我这是高兴哪。

三爹在八十六岁高龄上，突患一场大病，医治无效。弥留之际，家里人去看他，他问，她还好吧？再三恳求，他死了，一定要带着他的骨灰回去。平时冷面冷脸的三太太，也老了，这时仿佛看开许多，她知道，她守了一辈子的男人，只守住了他的身，却没守住他的心。她松口了，说，就依他吧，想回去，就回去吧。

三爹的骨灰，被接回老家。三奶奶一早就梳洗打扮好了，稀疏的白发，抿得纹丝不乱。大红对襟袄穿着，是出嫁时穿的那件红嫁衣。她不顾大家的劝阻，踩着碎步，跑了很远的路去迎。她抱着三爹的骨灰盒，多皱的脸上，慢慢漾上笑，笑成桃花瓣。她喃喃说，你这狠心的老头子，我可是你大红花轿红盖头娶进门来的，你却抛下我这么些年，今天，你终于回来啦。站旁边的人，无不泪落。

两天后，三奶奶去世了。她安静地死在床上，身上穿着那件红嫁衣，枕旁放着三爹的骨灰盒。她仪态端庄，面容安详。院子里，一院的桃花，开得正芳菲。

结香年年

多次看到它。从我所在的办公楼，通向教学楼的小径两侧，一边一丛。蓬蓬松松，如藤蔓相互纠葛。一些日子，它裸露着褐色的枝干，筋络毕现，历尽沧桑般的。我走过时，并不十分注意它，只当它是寻常之物。不知它的名，亦不好奇探听。

春寒。雨三两点。雪三两点。本应早早开的花都晚开了，如玉兰，如樱花。它的枝条上，却不声不响地爬满花苞苞。花苞苞也奇特，奇特得不像花苞苞，簇簇地团成一团，色泽浅淡，一律低垂着小脑袋，做沉思状。仍无多少人注意它，大家更关心的是，河边的柳有没有绿，油菜花也快开了吧。

那日，人在办公室闲坐，突然闻到一阵香，袅袅娜娜，仿佛听到哪里有衣裙窸窣。嗅，再嗅，左右巡视，探问，什么香，这么好闻？一同事答，是结香吧，楼旁的结香开了。语气是浅淡的。在她，是熟识太久的缘故吧。我却猛然被惊艳到了，它怎么可以叫这个名呢？结香结香，把香绾成一个结，从此香浓梦软，日日花好月圆。它让我想起古代女子的香囊。月在中天，一地清辉，女子独坐纱窗前，一针一线慢慢绣着。她的情，全绣进那一针一线里了。香囊绣成，赠予意中人，他系于腰间，影随人动，香气款款。郎啊郎，从此，你把奴记在心上吧。

传说亦是美的。深宫中，一对青年男女相爱了。女孩出身高贵，是皇亲国戚，男孩却地位低下，是侍仆之类的。按当时律法，是不允许这样的两个人相爱的。男孩女孩被迫分手，他们悲伤地跑去结香树旁，在上面打了一个结，了结这段情。谁知那一年，被他们打过结的那树结香，开出的花又多又大，香味浓郁。宫人们争相跑去看，最后，连皇帝也被惊动了。他以为有神灵在保佑这对男女，遂破例下旨，让他们喜结连理。民间闻之，纷纷效仿，渐渐形成了在结香树上打结许愿的习俗。故结香树，又名打结树。

我试了试，它的枝条果然柔软无骨，轻轻一缩，就成了一个结。我想不出许什么愿，那就愿结香年年吧。这个时候，我才发现，校园里远不止这两棵。阶梯教室后有，图书楼前有，食堂旁边也有。它的花就跟小金盏似的，总是四五十朵簇在一起，簇成一个绒球球。一丛之上，挂着无数个这样的绒球球，流光溢彩。你不得不打心眼里服它，真是独一无二与众不同啊！

之前呢？之前，我在这个校园待了七八年了，愣是漠视它到熟视无睹。我想起先前的一个同事来，教历史的，人老实得近乎木讷，整天一袭青蓝布衣，埋首在一堆破瓷烂瓦中。大家背后称他老古董，有轻视的意思。后来的一天，一纸调令，把他调到一家有名的博物馆。大家这才知道，他早已是响当当的文物专家。

再走路，我总是提醒自己，莫要匆匆，莫要漠视，要多看啊。真正的美，往往藏在事物背后。

仙人掌不哭泣

　　童梦弟搬来我家隔壁住的时候，手里托着一盆仙人掌。

　　我家隔壁，是两间老式平房。门前铺着细细的条砖，砖缝里长草，偶冒出一株两株的小黄花。原主人买了新房，搬走了，两间平房便作了出租用。

　　初秋的天，薄凉，雨飘得细细密密的。砖缝里的小黄花，在雨里瑟瑟。童梦弟却穿着一条超短裙，裸露着修长的双腿。她跟着房主，一路走，一路笑，浑身洋溢着与初秋的雨颇不协调的快乐。那份快乐，如同云罅中洒下的光。

　　她住下后不久，便来拜访我，送我一盆仙人掌。

　　"我妈说过，邻居好，赛金宝。"她笑，唇红齿白，青春逼人。

　　"姐姐，这个很好长的，你不用怎么理它，它也能长得很好。"她指着仙人掌对我说。并告诉我，在他们老家，家家都种这个。"要是哪里碰伤了，用它的汁搽搽就好了。"她又笑。她真是爱笑。

　　自此跟她相识。院门外遇见，她总是脆声声地跟我打招呼，一口一个姐地叫我。脸上始终挂着笑容，花开一般的。

　　她做的工作似乎挺杂的，我在街上遇见过几次。一次她在路口发传单，怀里抱着一捧彩印的广告。一次她在商场门口，临时搭建的舞台上，她又唱又跳的，为商场促销搞宣传。还有一次，我在路边的地摊上碰到她，她在吆喝着卖一些廉价的棉袜子。也总是笑着，还是如花开一般的。即使在满大街的芜杂之中，那笑容，也没有丢失掉一点点。

童梦弟说："我想攒多多的钱呢。我要寄钱给家里。我还要攒钱买房子，和我喜欢的人在一起，过一辈子。"这是童梦弟的理想生活，很寻常，亦很动人。这个时候，我们已经很熟了。我约她来我家里喝茶，新沏的茉莉花茶。她手里捧一团毛线过来，手指在棒针上，上上下下，上上下下，不停地编织。那是外贸加工的线衣，织一件，可换十五元的手工费。

听她说起她的老家。贵州。深山老沟里，开门看到的全是石疙瘩。能见到土的地方，都被他们开垦出来，种上土豆，种上苞谷。她上面有一个姐姐，下面有三个妹妹。父母盼男孩，给她取名梦弟。她的妹妹分别叫盼弟、招弟、来弟。"名字很俗气，是吧?"她低了头问我，吃吃笑。"不过，我很喜欢，因为，这是我妈给取的。"她复又说。

她的姐姐在十二岁上，得病没了。她成了家里最大的孩子，书只念到小学三年级，就回了家。她要带妹妹，要帮父母干活。尽管，她那么喜欢念书。

在她十三岁那年，母亲得了一种奇怪的病，全身浮肿。家里没钱送母亲去大医院，两个月后，母亲走了。"要是我那时能挣钱，我妈就不会死了。"她说到这里，有些自责，脸上的笑容黯淡下来，好长时间没再言语，唯有十指在棒针上，上上下下，上上下下，舞得人眼花缭乱。

她跟了村里人出来打工。做过保姆,在饭店端过盘子,做过化妆品推销员。最穷困潦倒时,她捡过人家丢弃的食物吃,睡过桥洞。她辗转过不少城市,这让她骄傲。"简直就是免费旅游呀。"她笑了,有些得意地晃了晃头。更让她骄傲的是,她挣的钱,不但养活了她的家人,而且还让她的妹妹们都有书读。现在,她最大的妹妹盼弟,已读大二了。"她成绩很好的,也能自己挣钱给自己花了。"日子苦尽甘来,童梦弟显得很知足。

童梦弟唯一的遗憾,是书读得少了。她梦想有一天,能读大学。她买了不少的书自学。还买了钢笔字帖练字。有次,她拿了她练的字来给我看,我看到上面写着一首拙朴的小诗,题为《仙人掌不哭泣》:

仙人掌不哭泣
因为泪水对它来说
十分十分珍贵
它要用它浇灌心灵
还要用它滋养身体
使它卑微的生命
也能开出美丽的花朵

我好奇地问她:"谁的诗?"她不好意思地笑了,告诉我,是她写的。我惊叹,我说童梦弟,你都可以成诗人了。她听了很开心,一再向我道谢,仿佛我给了她什么恩赐似的。

这之后，每隔一两天，童梦弟会拿了她的新作来，给我看。那些诗，虽稚嫩，却朴质，清新，有灵气。她羞涩地说，她正在试着投稿，等她挣到第一笔稿费，一定请我吃饭。

有一段日子，我很少见到童梦弟。隔壁的门，整日整夜地关着。要不是晾衣绳上晾着一件她的黑裙子，要不是窗台上摆放着她种的两盆仙人掌，我会疑心，我的隔壁，根本不曾有人来住过。

再见到童梦弟，秋已深了。平房前，砖缝里的小草和小黄花们，都萎了。她来敲我的门，穿一件绛红色线衣，素妆，笑容恬淡，有点像邻家女孩。她问我有没有葱。她说："我想学做扬州炒饭呢。"她站在黄昏下。黄昏的金粉，铺她一身。

我问她这些日子去了哪里。她只管抿了嘴笑，后来才告诉我，她和一个人，回了她的老家一趟。

原来，她谈恋爱了。之前，她在另一个城，已有一份稳妥的工作。可是，她遇到了他。她辞了职，一路奔到我们这里来。只因为，他在这里。

我给了她一把葱。不一会儿，她端一碗扬州炒饭来，请我尝。我尝一口，赞："味道真不错，像正宗的扬州炒饭呢。"她眼睛亮亮地看着我，欢喜地问："真的？"

她喜欢的那个人，是最爱吃扬州炒饭的。"他祖上是扬州的呢，他曾祖父，还在扬州做过官呢。"她说起他来，眉眼里，全是笑。

几天后，我看到一个男人，开始出入她的小屋。男人模样一般，举止倒也温厚。他帮童梦弟晒被子，在晾衣绳上，一遍一遍扑打上面的尘。童梦弟则去了菜场，买回一堆菜，一头钻进厨房里，忙得油烟四溅。他们隔着一些尘雾和油烟说话，唧唧的，似虫鸣，看得人心动。

转眼，冬了。第一场冬雪降临，总是叫人惊喜的。不过是在眨眼之间，树白了。屋子白了。路白了。整个世界，都白了。人仿佛，也是一个雪白的人了。我找出相机，去叫童梦弟出来一起拍雪景。门敲了许久，童梦弟才来开门，身上裹一件毛毯，凌乱着一头长发。

我一眼瞥见，她的眼窝底，有深深的泪痕。正诧异着准备询问，她的脸上，早已换上笑容，花开一般的。她说："姐，你等我一下啊。"转身冲进房内，再出来，她已换了装，上身套一件红色外套，脚上蹬一双红色雪地靴，脸上施了薄粉，长长的头发，绾在脑后。人像一朵红梅了。

我是在一些天后才得知，那时，童梦弟已怀上男人的孩子，而男人，却不能接受她了。男人的父母一直不同意男人与她交往，尽管她做出种种努力。她给他父母织线衣，一件一件，从上衣，织到毛裤。她去他家，小保姆似的，里里外外忙着打扫。隔三岔五的，她会买了他父母爱吃的糕点，送过去。她甚至托父亲，做了贵州特产——熏肉，打包寄过来，让他父母品尝。他们还是不能接纳她，嫌她是外地的，嫌她家穷，嫌她没文凭。男人在父母的安排下，去相亲，很快与一本地女孩开始交往。她选择了放手，关在屋子里，独自疗伤。自始至终，她都没有告诉男人，怀上孩子的事。

腊月底，空气中弥漫着洋洋喜气，家家户户都着手准备过新年了。童梦弟来跟我告别，她把窗台上的两盆仙人掌，捧过来给了我。她说她要去别的地方，不会再到这里来了。她说有机会，她很想去读书，走在漂亮的校园里。她说她会活得好好的，找到一个真正喜欢她的人，一起过一辈子。她说这些时，脸上始终挂着花开般的笑容。

我问她："恨他吗?"她笑着摇摇头，说："不。就当是我不小心，碰伤了皮，用仙人掌的汁，搽搽就好了。"

新年过后，我隔壁那两间老式平房里，很快搬来新的租客，是一对做生姜生意的年轻夫妇。清晨，他们一起推了拖车，去卖生姜。晚上，他们一起拉着拖车回家，一起做饭，隔着一些尘雾和油烟，大着嗓门说笑。他们总使我想起童梦弟，她的理想生活，就是这样的。

暮春的一天，童梦弟送我的几盆仙人掌，在不知不觉中，开了花。花粉粉的，重瓣，像微笑着的人的脸。

从春天出发

　　风，暖起来了。云，轻起来了。雨也变得轻盈，像温柔的手指，抚到哪里，哪里就绿了。草色遥看近却无的，奇妙就在这里。你追着一片绿色去，那些毛茸茸的绿，多像雏鸡身上的毛啊。可是，等你到了近前，突然发现，它不见了。你一抬眼，却又看见它在远处绿着，一堆儿一堆儿的，冲你挤眉弄眼。春天的绿，原是个调皮的小伙伴，在跟你捉迷藏呢。而你知道，春天，真的来了。

　　那么，我们出发吧，从春天出发。

　　先去问候一下河边的柳。"碧玉妆成一树高，万条垂下绿丝绦"，真的是这样啊，你须微仰了头，看它们在春风里舞蹁跹。毫无疑问，柳是春天最美的使者，它一抬胳膊，燕子飞来了。它一扭腰肢，光秃秃的枝条上，就爬满翠色的希望。采下一枝柳吧，装进我们的行囊，在春天，我们学会收藏希望。

　　去问候一些花儿。桃花、梨花、菜花，它们偷了春天的颜料，把自己装扮得鲜艳明媚。粉红，莹白，鹅黄，晃花人们的眼。河边的小野花们，也不让春天，它们在春风里，争相张开了笑脸，星星点点。它们没有桃花的艳，没有梨花的白，没有菜花的恢宏，可是，它们也一样开出生命的美丽。万紫千红总是春呢，它们一样是春的主人。摘下一朵小野花吧，装进我们的行囊，在春天，我们学会收藏美丽。

去问候一些小生灵。蜜蜂、蝴蝶、蟋蟀、蚂蚱……一个冬天过去了，它们过得好吗？侧耳倾听，我们会听到它们拨动泥土的声音，它们就要出来了，带着它们的歌声。那好，就让我们静静坐一会儿吧，坐在小河边，坐在山坡旁，或者，就坐在一棵树下，等待着那些歌声响起，那些来自大自然的声音，美妙，纯洁，是天籁之音。用心记下那些旋律吧，放进我们的行囊，在春天，我们学会收藏歌声。

去问候飘荡的春风。"惟有春风最相惜，殷勤更向手中吹"，其实，它何止是吹在手中？它是吹在心里面。于是，草绿了，花开了，人的脸上，荡起微笑。严冬终于过去了，所有的生命，在春风里欣欣向荣。请与春风相握吧，在春天，我们学会感恩与珍惜。

去问候一些种子。葵花，玉米，棉花……那些香香的种子，它们的身体里，积蓄着阳光和梦想。泥土的怀抱，已变得湿润柔软，它们迫不及待地扑进泥土里，那里，很快会生长出一片葳蕤。而到了夏秋，会有果实累累的喜悦。

只有在春天种下梦想，才能在夏秋收获。那么，让我们学会播种吧，在春天，跟着一粒种子一起成长。

白棉花一样的阳光

那些土墙，褐黄里，泛出浅白。那是我家乡茅草房的墙。

我们倚了土墙晒太阳。一村的人，都倚了土墙晒太阳。那些晴好的天，太阳温暖得像盛开的棉花，一朵一朵落下来，覆在土墙上，土墙便慈眉善目得像一个温厚的老人。

倚了这样的土墙，心是安宁的。人们有一搭没一搭地说着话，一年忙到头，难得的清静与悠闲。他们多半会眯了眼，享受般地晒着太阳，像一群安静的羊，身上能晒得冒出油来。

孩子却是喧闹的。在土墙边，挖个坑儿，滚玉球玩，或是跳绳、踢毽子。有眼馋的大人，敌不过孩子的闹，加入到孩子的行列中，譬如踢毽子。哪里是孩子的对手？小家伙们手呀腿的灵巧得跟小鹿似的，他们却动作笨拙，不复年轻时的矫健。于是在孩子们的哄笑声中，讪讪笑说一句："骨头老喽。"

这个时候，最美的画面，要算那些女人们。她们挨着土墙坐，穿着或红或绿的棉袄，手一刻不停地扯拉着棉线，她们在纳鞋底。脸上一团平和，暗地里却在较着劲儿，看谁纳的鞋底最好，做的鞋最漂亮。

其实，只要一低头，看看她们及她们家人脚上穿的鞋，也就一目了然了。最常见的布鞋是白的底，黑的鞋面。但也有翻新的，女人挑一方红格子的布，做成鞋面，在视觉上就出格了去，让人一眼看到她脚上漂亮的鞋。一家有，百家仿，用不多久，全村的女人都会穿着红格子面的布鞋。

那时，乡下恋爱中的女孩，送给意中人的定情之物，大多是布鞋。她们瞒了旁人的眼，在夜里，拥着被子，细细估摸着意中人脚的尺寸，然后一针一针密密而下，是扯不断的柔情。鞋做好了，她们会在有月亮的晚上，约了意中人见面。月下相见，没有多余的话，只把一双藏着千行情万行意的鞋往对方手里一塞，扭头就跑。好了，这双鞋，就私订了终身了。

我的母亲曾是个做布鞋的高手。她手把手地教过我纳鞋底，教过我剪鞋面，但我怎么学也学不会。为此，母亲忧心忡忡地说："这丫头怎么好呢，长大了哪个人家会娶她？"

想想当时好像也着急来着，不会纳鞋底，以后我穿什么呢？

我长大后嫁了人，却不再穿布鞋。我拥有各种各样的高跟鞋，它们嗒嗒有声地走过一些路面，把我的身子衬得亭亭，让我极尽优雅。但同时，也常会把我的脚给崴了。

这个冬天，天气冷得出奇，也有太阳，光芒却是散淡的。我突然想起那些土墙来，想起倚着土墙晒太阳的人，那些白棉花一样的阳光！现在，好多人已经故去，健在的，也老得不行了。像我的母亲，她早已穿不了针引不了线了。

我强烈地想念起布鞋来，想念脚底的温暖。我满大街去寻，寻到一鞋摊，一老妇人守着，卖的全是布鞋。黑的鞋面，白的底，是记忆中的样子。极便宜，十块钱一双。我立即买一双，穿脚上。我低到尘埃里了，看见了喜欢的人的脸。我觉得幸福。

一代一代的春天

春天的冷，到底有限得很，几番风雨后，气温回升。沉睡了一冬的虫子们不老实了，一个个争先恐后要出来。我在阳台上小坐，看到一只睡醒了的蜜蜂，在窗户的缝隙间，探险般的，左冲右突。也见到一只蛾子，在我养的一盆瑞香的叶子上，跌跌撞撞。等到它们全部爬出来，天下便都是春的了。春天是被虫子们驮在身上的。

走过一片草地，草看上去仍是枯黄的。但当你蹲下去细看，发现草根处，已然冒出点点的新绿来。那么稚嫩，柔软，跟婴儿的眉睫似的。你知道，用不了多久，那绿，便茁壮起来，世界将是新绿的一个世界。

一些树，不动声色地在进行着一场新老更替，老叶褪去，新叶长出来。譬如樟树。譬如广玉兰。生与死的交接如此自然而然，几乎不着痕迹。你仰头微笑着看一会儿，感动了。而另一些树，像栾树和紫薇，光秃秃的枝条上，已如解冻的河流般的，急流奔涌。是的，那上面爬满翠绿的希望。虽然现时还不大看得出来，——那些乳芽，太过细小，但枝叶的葱郁繁密，也不过是十天八天后的事。

垂柳的变化最是明显，满身缀着嫩黄的芽。那些芽，粒粒饱满得像雏鸡的眼睛，汪着一泡水汪汪的清纯。这个时候，最适宜远观了。你在某个桥头站定，微风拂过你的脸，拂过河堤两岸。千万条柳枝一齐随着风舞动起来，缭乱缤纷，烟一般缥缈。"绊惹春风别有情，世间谁敢斗轻盈？"唯有柳了。

紧接着，桃花该开了。梨花该开了。菜花该开了。花事一个接着一个。不，不，一个接着一个太慢了，哪里等得及？是要一哄而上挤挤闹闹登场的。于是乎，好颜色被抖落得满天满地，天地一片斑斓。忙不过来的是人，踏青去！赏春去！看梨花。看桃花。看菜花。春天端出来的，是一场又一场盛宴，视觉的，听觉的，味觉的。

说到味觉，就闻见了荠菜香。这个时候，荠菜正当时。去野地里寻荠菜是一大乐事，吃荠菜则是另一大乐事，鲜嫩的荠菜可拌可炒可烧。若把荠菜剁碎了，和些肉末子，那是包春卷最上好的馅儿料。不得不佩服我们的老祖宗，在吃上玩尽智慧，居然想出包春卷。人的心真是贪得可以，把春天卷进去，卷进去，春天就溜不走了。

心情无端好起来。春天的阳光，照到心底去了，人的脸上不知不觉焕发出笑容来。路上遇见，都是一脸春天的模样。天蓝云白，水秀草青，这个时候的人多亲切多慈善啊。

小母亲坐到阳光下，教她的幼儿学唱歌："小燕子穿花衣，年年春天来这里。我问燕子你为啥来，燕子说，这里的春天最美丽。"小母亲问孩子："宝宝，这里的春天美不美呀？"孩子咿咿呀呀。小母亲笑了，接着唱，声音温柔得挤得出水来。她低头看向孩子的眼神，是永远的春天。一代一代的母亲，一代一代的幼童。一代一代的小燕子，拂柳穿檐，喜乐汤汤。一代一代的春天！

梨花风起正清明

　　祖母走后，祖父对家门口的两棵梨树，特别地上心起来。有事没事，他爱绕着它们转，给它们松土、剪枝、施肥、捉虫子，对着它们喃喃说话。

　　这两棵梨树，一棵结苹果梨，又甜又脆，水分极多。一棵结木梨，口感稍逊一些，得等长熟了才能吃。我们总是等不得熟，就偷偷摘下来吃，吃得满嘴都是渣渣，不喜，全扔了。被祖母用笤帚追着打。败家子啊，糟蹋啊，响雷要打头的啊！祖母踩着小脚骂。

　　我打小就熟悉这两棵梨树。它们生长在那里，从来不曾挪过窝。那年，我家老房子要推掉重建，父亲想挖掉它们，祖母没让，说要给我们留口吃的。结果，两棵梨树还是两棵梨树，只是越长越高越长越粗了。中学毕业时，我约同学去我家玩，是这么叮嘱他们的，我家就是门口长着两棵梨树的那一家啊。两棵梨树俨然成了我家的象征。

　　我家穷，但两棵梨树很为我们赚回一些自尊。不消说果实成熟时，逗引得村里孩子没日没夜地围着它们转。单单是清明前后，

49

它们一头一身的洁白，如瑶池仙子落凡尘，就足够吸人眼球。我们玩耍，掐菜花，掐桃花，掐蚕豆花，掐荠菜花，却从来不掐梨花。梨花白得太圣洁了，真正是"雪作肌肤玉作容"的，连小孩也懂得敬畏。只是语气里，却有着霸道，我家还有梨花的。——我家的！多骄傲。

祖母会坐在一树的梨花下，叠纸钱。那是要烧给婆老太的。她一边叠纸钱，一边仰头看向梨树，嘴里念叨，今年又开这许多的花，该结不少梨了，你婆老太可有得吃了。婆老太是在我五岁那年过世的。过世前，她要吃梨，父亲跑遍了整条老街，也没找到梨。后来，我家屋前就多出两棵梨树来，是祖母用一只银镯换回栽下的。每年，梨子成熟时，祖母都挑树上最好的梨，给婆老太供上。我们再馋，也不去动婆老太的梨。

我有个头疼脑热的，祖母会拿三根筷子放水碗里，嘴里念念有词。等筷子在水碗里终于站起来，祖母会很开心地说，没事了，是你婆老太疼你，摸了你一下。然后，就给婆老太叠些纸钱烧去。说来也怪，隔日，我准又活蹦乱跳了。

那时，对另一个世界，我是深信不疑的。觉得婆老太就在那个世界活着，缝补浆洗，一如生前。有空了，她会跑来看看我，摸摸我的头。这么想着，并不害怕。特别是梨花风起，清明上坟，更是当作欢喜事来做的。坟在菜花地里，被一波一波的菜花托着。天空明朗，风送花香。我们兄妹几个，应付式地在坟前磕两个头，就跑开去了，嬉戏打闹着，扎了风筝，在田埂道上放。那风筝，也不过是块破塑料纸罢了，被纳鞋绳牵着，飘飘摇摇上了天。我们仰头望去，那破塑料纸，竟也美得如大鸟。

祖母走后，换成祖父坐在一树的梨花下叠纸钱。祖父手脚不利索了，他慢慢叠着，一边仰头望向梨树，说，今年又开这许多的花，该结不少梨了，你奶奶肯定会欢喜的。语气酷似祖母生前。

　　我怔一怔，坐他身边，轻轻拍拍他的手背。我清楚地知道，有种消失，我无能为力。祖父突然又说，你奶奶托梦给我，她在那边打纸牌，输了，缺钱呢。我听得惊异，因为夜里我也做了同样的梦，梦见祖母笑嘻嘻地说，我每天都打纸牌玩呀。我信，亲人之间，定有种神秘通道相连着，只是我们惘然无知。

　　祖母走后三年，祖父也跟着去了。他们在梨花风起时，合葬到一起。他们躺在故土的怀抱中，再不分离。

第二辑
我们曾在青春的路上相逢

年少时再多的疼痛，都云淡风轻了。唯有感激，感激上苍，让我们曾在青春的路上相逢，照见彼此的悲喜。那些鲜嫩的气息，一去不返。

你并不是个坏孩子

一个自称陈小卫的人打电话给我，电话那头，他满怀激动地说："丁老师，我终于找到你了。"

他说他是我十年前的学生。我脑子迅速翻转着，十来年的教学生涯，我换过几所学校，教过无数的学生，实在记不起这个叫陈小卫的学生来。

他提醒我："记得吗，那年你教我们初三，你穿红格子风衣，刚分配到我们学校不久。"

印象里，我是有一件红格子风衣的。那是青春好时光，我穿着它，蹦跳着走进一群孩子中间，微笑着对他们说："以后，我就是你们的老师了。"我看到孩子们脸仰向我，饱满，热情，如阳光下的葵。

"我当时就坐在教室最北边一排啊，靠近窗口的，很调皮的那一个，经常打架，曾因打破一块窗玻璃，被你找到办公室谈话的。老师，你想起来没有？"他继续提醒我。

"是你啊！"我笑。记忆里，浮现出一个男孩子的身影来，个子不高，眼睛总是半睨着看人，一副桀骜不驯的样子。经常迟到，作业不交，打架，甚至还偷偷学会抽烟。刚接他们班时，前任班主任特意对我着重谈了他的情况：父母早亡，跟着姨妈过，姨妈家孩子多，只能勉强管他吃穿。所以少教养，调皮捣蛋，无所不为。所有的老师一提到他，都头疼不已。

"老师，你记得那次玻璃事件吗？"他在电话里问。

当然记得。那时我接手他们班才一个星期，他就惹出一件事来，与同桌打架，打破窗玻璃，碎玻璃划破他的手，鲜血直流。

"你把我找去，我以为，你也和其他老师一样，会把我痛骂一顿，然后勒令我写检查，把我姨妈找来，赔玻璃。但你没有，你把我找去，先送我去医务室包扎伤口，还问我疼不疼。后来，你找我谈话，笑眯眯地看着我说，以后不要再打架了，你打了人，也会让自己受伤的对不对？那块玻璃你也没要我赔偿，是你掏钱买了一块重安上的。"他沉浸在回忆里。

我有些恍惚，旧日时光，飞花一般。隔了岁月的河流望过去，昔日的琐碎，都成了可爱。他突然说："老师，你做的这些，我很感动，但真正震撼我的，却是你当时说的一句话。"

这令我惊奇。他让我猜是哪句话，我猜不出。

他开心地在电话那头笑，说："老师，你对我说的是，你并不是个坏孩子哦。"

就这么简单的一句话，却让他记住了十来年。他说他现在也是一所学校的老师，他也常找调皮的孩子谈话，然后笑着轻拍一下他们的头，对他们说一句："你并不是个坏孩子哦。"

一句话，对于说的人来说，或许如行云掠过。但对于听的人来说，有时，却能温暖其一生。

那一夜，星光如许

那时，真是羡慕她。

我们一群乡下孩子，进城来高考，独自背着简单的行李，无人相送。只她身边，有父亲和上小学的弟弟陪着，前呼后拥的，让穿着一袭白裙子的她，公主般的高贵着。

我们入住在招待所。楼下是喧闹的农贸市场，各种买卖的声音，不时灌进耳里来。书是看不进去的，我们伏在窗口，望这个城。城市斑斓，犹如万花筒。我们在心里发着狠，等我们考上了，跳出"农门"，将来也要来这城里住。到那时，我们一天要逛两遍街，把这斑斓悉数看尽。

楼下，一溜排开的水果摊子，红瓤的西瓜被劈成两半，摆在那儿当招牌。青皮红嘴的桃，堆得尖尖的，望得见甜蜜在里头。——真想吃啊。手头却是拮据的，——在地里苦活的父母，还顶着烈日在劳作，让我们也舍不得如此奢侈。

一回头，却看见了她的父亲和弟弟，一人手里抱着一个大西瓜，一人手里提着一袋的桃，上楼来了。我们暗暗想，真是有钱人哪。她父亲很快切好西瓜，洗好桃，给她送过去。其时，她正坐在楼道口吹风,一边胡乱地翻着一本书。父亲细心地剔去西瓜里的黑籽,一块一块,递给她吃。她吃到不想吃了,父亲还小声劝着,再吃两块吧,吃了会凉快些的。

傍晚,我们去盥洗间洗衣服。她父亲也端着一盆衣服去洗,是她刚换下的。她弟弟跟着,却噘着嘴,很不高兴的样子。父亲一边洗衣服,一边和风细雨地对弟弟说,姐姐明天就要高考了,西瓜是要省给姐姐吃的,你要懂事一点,等以后爸爸赚了钱,再给你买。

我们听着,有些诧异。原来,他也不是富裕的。回到宿舍,有同学不知从哪儿听来的消息,说她十岁那年,亲爸就死了,他不是她的亲爸,是继父,她弟弟才是他亲生的。我们震住,再见到他,就有了说不清的感动。

那个时候,高考还在最热的七月份。半夜里热得睡不着,加上有些紧张,我们干脆爬上露台去乘凉。不一会儿,看见她也上来了,后面跟着清瘦黝黑的他。他竟搬了一张席子来,摊到露台上,让她躺下。她听话地躺下,他坐在一边,给她摇扇子,一下一下,摇得满地星光飞溅。

我们一时间感动得无话可说,抬了头仰望星空。满天的星星,密集的小蝌蚪似的,拥着挤着,闪着光亮,仿佛就要掉下来。身边,他摇动扇子的声音,像轻轻响着的一支歌。夜风有一搭没一搭吹着,一个城,没在一片宁静里。我们暂且忘了高考的紧张,只觉得这样的夜空,极好的。

多年后,每每有人提及高考,我的眼前,总会晃过她的样子:一袭白裙,公主般的高贵着。清瘦黝黑的他守在一边,把一个父亲能给予的亲情和爱，全都无私地给了她。不知她后来考上了没有。那似乎也不重要了，有他撑着，她的天空，一定少有风雨。

青春纪·离殇

十六七岁的年纪，我在老街上的中学读书。

两层的教学楼，红砖，红瓦。教学楼前长着泡桐树。春天来的时候，泡桐树先开花，后长叶。一树紫色的小花，纯粹，单一，像悬着一树紫色的铃铛。风吹，铃铛无声。年少的眼看过去，却发出千万声的回响，叮叮，当当。碰撞得心像沾了露的草尖，疼疼的，莫名的忧伤。

隔壁班有女生姓绿。这姓很特别，偌大的校园里，绝对独一无二。她喜穿绿衣裳，爱系绿丝巾。人又漂亮又活泼，爱笑，走到哪里，都像一只闪闪发光的绿蝴蝶在飞。

我常看到她，走过我们窗前，绿影子轻盈地一闪，留下一阵青绿的风。光影飘摇，日头也暖，我假装没看见，只埋头念自己的书。心里头却生出许多双眼睛来，对着她的背影，看了又看。我想有她的绿衣裳。我想系她的绿丝巾。我更想能和她一样，漂亮，活泼，意气风发。

彼时，我家境清贫，我背着我妈用头巾缝的花格子书包，穿着我妈纳的土布鞋。也无好容貌，肤黑，胖着，夹杂在城里一堆光鲜人儿之中，是野草误入花圃。笑也黯淡。只能一日一日，让自己像刺猬似的，时时竖起尖尖的刺，只为护住内心的卑微与怯弱。

是暗暗羡慕她的。她家只她一个独生女儿，父母小有钱财，倾尽心力栽培她。她会弹钢琴，会唱歌跳舞，画的画也好。学校宣传栏里的画，就是她的杰作。成绩也不错。好像全世界的好，都让她一个人占了。

人缘亦是好的。她的身边，总有几个要好的女伴，和她一起咬着冰糖葫芦，从校门口一路谈笑风生地走过来。男生们更是喜欢她，一下课，总有男生跑到她的教室门口，去叫她。她脆脆地应，连蹦带跳地下楼去，在楼前空地上和那些男生打羽毛球。阳光总是好的，天空瓦蓝。她迎着阳光跑，风一样的，绿身影律动着，像舞动着的一只绿蝴蝶。

我和她在校园里遇见过几次。她冲我点头微笑，很友好的样子。我漠然地掉过头去，无端地有些恼她，仿佛她侵犯了我的自尊。而事实上，她什么也没做过。青春的心，原是那等的敏感又脆弱，哪怕拂过轻微的风，怕也承受不住。

某天，她突然一言不发，离校出走了，整个校园哗然。那几天，大家都在谈论她，猜测种种，有说她恋爱失败的。也有说她出了家庭变故，父母离异了。

她漂亮的母亲来学校，坐在校长室门口哭。头发稀疏的老校长，急得团团转，派了很多老师出去找。我走过一旁，也还是漠然着，总觉得她只是贪玩了，她会回来。心里却怅然若失，清风日暖，一切如旧，我们的窗口，却少了她轻盈闪过的绿影子。楼前的空地上，也仍有同学在上面奔跑、跳跃，却空谷跫音般的，反倒叫人寂静得发慌。

她最终没有回来。一些天后，有同学传言，她死了。自杀。

没有人相信。我们走过楼前，总不自觉地会往空地上看看，是不是她在那里跳。有绿影子闪过，我们也总怀疑，那会是她。

多年后，我在我的文字里遇到她，她叫郑如萍。也叫米心。也叫绿。

她的真实名字，其实叫青春。

青春纪·狐妖

一

是心血来潮，想要整理一下书橱。哗啦一声，一本书跳出来。

拿手上端详，觉得陌生。故纸。旧时光，烛火两三点。爱。幻想。忧伤。迷惘。向往……似乎统统都有。上面竟还有我曾经的呼吸——墨迹三四行。不是眉批，不是读后感，只是当时的一种心境。比如：

> 痛苦抑或欢乐都是一回事。远方的莺或雁，只属于远
> 方。在这夜色写意苍茫的时刻，心是一棵老态龙钟的树。

大学刚毕业那会儿，我被分配到偏僻的乡下中学。中学刚建，许多校舍尚未完工，我住进了没有安装窗玻璃的宿舍里。夜里下雨，雨从窗户外急急地跑进来，打湿了床。无法，我只得撑伞挡雨。宿舍外傍着池塘，池塘边芦苇丛生，雨打芦苇，呼哧呼哧，呼哧

呼哧，像有无数的小兽在跑。留宿的教师只我一个，无电，整个学校乌漆漆的，寂静荒凉得犹如孤岛。

我在黑暗里睁大眼，心里有恐惧。脸上分不清是泪水，还是雨水。好不容易摸到两根蜡烛点上，拿本书取暖。若当时有狐妖来救，化身男人，我一定会嫁了他。

这世上，孤独原不可怕，孤寂就有些难耐了。

幸好有书。它就是我的狐妖，伴我度过后来一个又一个孤寂的日子。

二

苏州的夜晚，是浮在天上的云。

人走在路上，像踩在云端中。

我在那里读书。彼时，花样年华。我喜欢沿着苏大门前的十梓街，一路走下去。两旁的小吃食店，多如爆米花。糖藕是最好吃的，又糯又甜。蒸鸡蛋也是一绝，水滑水滑的，嫩着，鲜着。卖小吃的阿婆你不要叫她阿婆，你要叫她阿姨，她会显得很高兴。阿婆的一口吴侬软语，好听得像唱歌。我总要发痴般的，站在旁边听好久。感觉像在吃年糕。

中间间或会冒出一两间精品店，卖漂亮的碗碟器皿，或是古玩珍奇。灯光幽暗得发绿，或是发黄，柠檬黄。有女子的脸，贴在窗玻璃上，齐刘海儿，大眼睛。像狐。她在看街景。走过窗前的人，在看她。

我终没走进那店里去，但她的样子，这么多年了，我还记得。不知她嫁人了没。不知她现在是否愉悦安好。

摆书摊的也多。累累的，累累的，全是书。多得不论一本两本卖，而论斤论两卖。我看着那些书，总替它们疼得慌。它们不应该这么拥挤这么廉价的。

我弯腰在那些故纸堆里，挑。会挑上好多好多本，直到自己提不动了。兜里的钱有时不够，不得不割舍一些。我在心里发着狠，等有朝一日，我成大富翁了，我要买下所有。

我提着一包书回去。两边的店铺开始打烊了。木门上了栓。一条热闹的街道，渐渐安静、宽敞，行人稀疏起来，街巷变得像一张裱起来的水墨画。梧桐树筛下路灯的影，黑尾鱼一样的，也不斑驳，也不游离，只是安静。我踩着那些"小鱼"走，一街之上，我的脚步声如细雨轻洒。心里也无欢喜，也无悲伤，像一段光影。这个时候，隐隐期望着，在哪棵树后，会闪出狐妖来，与我相遇。一同走在这路上。

我们曾在青春的路上相逢

　　大眼睛，双眼皮，一笑嘴边现出两个深深的酒窝，那是蕾。她家住老街上，那儿，清一色的小青瓦的房，一幢连着一幢。细砖铺成的巷道，一直延伸到深深处。人家的天井里，探出半枝的绿，或是，一枝两枝累累的花，点缀着巷道的上空，巷道便很有些风情的意思了。街上人家都养尊处优着，至少在那个年代的我的眼里，是这样的。初夏的天，太阳还没完全落下去，他们就早早地洗好澡，穿洗得发白的睡裤，搬把躺椅躺到院门前，慢摇着蒲扇，聊天。那时，我的父亲母亲，多半还在泥地里摸爬滚打。玉米要追肥了。棉花要掐枝了。该插秧了。——这些农活，我都懂。

　　蕾不懂。蕾是街上的孩子。街上的孩子不知道水稻与大米的关系，不知道花生是结在地底下的。他们像一朵朵奶白的茉莉花，纤弱又高贵。蕾跟我去乡下，看见一只大母鸡，也要惊叫。对我历数的野花野草的名字，她一律报以惊奇。而我的乡亲，都停下农活来瞧她，她长得好看是一方面，还有一方面是她身上的城市味：面皮白，衣着时髦，手指甲干净。乡下的孩子有几个不是黝黑黝黑的？指甲里都积满厚厚的垢。我的乡亲啧啧叹，这是城里的孩子啊。语气里满是艳羡。

这让我相当自卑。我很少再带蕾去我的乡下了，尽管后来她一再要求再去。那个时候，我们都是十七八岁的年纪，坐在同一个教室里读书。两层的教学楼，红砖，红瓦，窗外长着高大的泡桐树。蕾跟我同桌，喜玩，不爱读书。她常趁老师不注意，偷跑出教室，和几个男生去影院看电影。有时也拉我一起去，我去过一次，不再去了。他们都是城里的孩子，像一簇一簇灿灿的花，沸沸扬扬开着。我却是草一棵，夹在其中，实在有些格格不入。

蕾早早恋爱了。班主任在课上三令五申，不许谈恋爱。大家心照不宣地看着蕾笑。蕾也笑，脸上飞起一片潮红，妩媚得很。她用笔轻轻点点桌子，以示对班主任的不满。桌上，一本作业本的下面，压着男孩子写给她的情书。后来，到底被发现了，班主任亲眼看到他们两个手拉手逛街。蕾的母亲来到学校，在蕾的面前声泪俱下，要蕾交代出跟她谈恋爱的那个男孩子。我们异常吃惊，吃惊的不是蕾的母亲的声泪俱下，而是她的苍老。她完完全全是一个衰老的老太太，像一枚皱褶的核桃，跟漂亮的蕾完全不搭界。蕾呆呆看着围观的人，哇的一声哭出来，丢下她的母亲，捂住脸跑出学校去。

蕾清寒不堪的家境，一下子暴露在众人跟前。蕾的母亲是改嫁之后生下蕾的，蕾的上面，还有三个哥哥、两个姐姐。大哥是个傻子。二姐跟人跑了。蕾的母亲在街上摊煎饼卖，维持一家人的生计。

蕾是一个星期之后才回到学校的。她不再言笑晏晏，而是长长地沉默，眼睛盯着某处虚空，发呆。那时候，教室外的桐花，已一树一树开了。四月了，我们快毕业了。

高考时，蕾没考上，进了一家纱厂做女工。我们渐渐失了联系。多年后的一天，突然接到蕾的电话。蕾问，知道我是谁吗？我几乎脱口而出，你是蕾。岁月再怎么风蚀，那声音，还是从前的。我们说起别后的日子，虽寻常，但都安好着。我们回忆起那时的事：两层的教学楼，红砖，红瓦，窗外长着高大的泡桐树。

我在那些往事里，微笑哽咽。一帮同学在谈将来的职业，一男生忽然指着不远处的我说，她将来当厨娘。在那之前，学校集体组织看一部外国影片，里面有厨娘，胖，且笨。旁的人转头看我，都笑起来。那些笑如同锋利的尖刀，把我刺伤得七零八落。以至于我好长一段时间都沉默寡言，忧郁且激愤。

毕业后的某一年，也曾遇到当年的那个男生，他全然不记得说我做厨娘的事，而是满脸惊喜地叫，是你啊。有遇见的欢喜。

年少时再多的疼痛，都云淡风轻了。唯有感激，感激上苍，让我们曾在青春的路上相逢，照见彼此的悲喜。那些鲜嫩的气息，一去不返。

我的中学时代

人都爱用"青衫年少，白衣飘飘"之类的句子来描写中学时代，很纯美，远离世间烟火的样子。真实的情形，其实不是这样的。至少我的，不是这样的。

我的整个中学时代，都穿着土布的衣，脚着一双母亲纳的布鞋，肩背母亲用格子头巾缝制的书包，在离家三十多里的老街上念书。

那时，乡下孩子极少有家庭富裕的，每个孩子看上去都差不多，都是一枚不起眼的小土豆。我们这许多的小土豆扎堆在一起，相互取暖，一起成长。

书自然是整天读着的，整天挖空心思去念着想着的，还有吃。

是的，吃。

不知是不是因为正处在长身体的年纪，我们每天总处于半饥饿状态。每个月，家里会担了粮米送来，给学校食堂。早上是稀饭就咸菜，中午是白饭就咸菜，晚上还是稀饭就咸菜。这样清汤寡水地吃着，肚子里很欠油水。

那时的伙食费委实不多，一个月八块钱。交全了的话，中午可以加一个小菜和一碗冬瓜汤喝。但很多孩子交不起。比如我。我们就自创一种汤，叫酱油汤。做法极简单，倒出一勺酱油，拿滚开水冲泡了。奢侈一点儿，里面再滴两滴麻油，汤就成了。我读了几年中学，就喝了几年这样的汤。

下午的时光，总是漫长得厉害。两节课后，是做课间操时间，肚子饿得折磨人，操做得有气无力。偏偏食堂的师傅又来招惹，煎出香喷喷的葱油饼来，一只只，黄灿灿的，摊放在食堂窗口卖，上面撒满碧绿的葱花，整个校园都弥漫着那香。我们假装闻不到，把头埋到书堆里。可是，那香，从书上的每个字里跳出来。我们假装玩耍，大声说笑，笑着笑着，鼻子不由自主地要深吸一口，再深吸一口。周遭的每一寸空气，都是香的呀。有时，我们实在敌不过那馋，几个要好的女生去合买一只，分着吃。

盼着周六学校放假，真是归心似箭。一路马不停蹄奔回去，疼我的祖母，总会想办法给我弄点好吃的，煎两个鸡蛋，煮一碗小鱼。年少的心里，觉得世上最幸福的事，莫过于那样的时刻，可以有煎鸡蛋吃，可以吃煮小鱼。

周日返校时，每个孩子或多或少，都会自带些干粮。我的祖母会给我炒上几斤蚕豆，塞上两罐咸菜。还有一种吃食，是把面粉炒熟了，用沸水泡着吃。现在的孩子恐怕见都没见过，我们苏北人家，叫它焦雪。关于它，还有一段传说。相传久远的从前，六月天里，苏北地区闹饥荒，饿殍遍地。天上的雪神看不下去了，想拯救人间，遂降下雪面粉。但又怕玉帝看见六月降雪，会治她的罪，遂把面粉的色泽，染得跟黄土地的颜色差不多。老百姓见天上飘下"泥土"来，人人惊奇。反正观音土都有人吃，这天上的

"土"，更不可错过。于是家家争接这天上之"土"，拿开水泡了，吃在嘴里，谁知竟奇香无比。饥荒过后，为纪念雪神，苏北人家就有了每年六月六必吃炒焦雪的习俗。

学校宿舍老鼠多，一个个都能飞檐走壁，武艺高强。无论我们怎么藏着那点可怜的有限的干粮，它们都能轻易找到。即便我们把装了焦雪的布袋子挂到屋顶上，它们也有本事把布袋子咬出洞来，在里面大快朵颐。与它们几番较量后，我们甘拜下风，把吃食全转移到教室里去了。晚自修上到一半，就有孩子在位子上坐不住了，闻到桌肚子里的香呀。一等下课铃声响，教室里立即沸腾了，瓷缸瓷钵子的，响成一片。不多久，人人都捧一碗热腾腾的焦雪在吃，整个教室都被焦雪的香给淹没了。

男生们都特能吃，自带的干粮往往没两天就见底了，他们就偷我们女生的。咸菜，炒蚕豆，焦雪，饼片，见什么偷什么。女生们都心知肚明着呢，也不戳穿他们，有时甚至有意不锁课桌肚，任他们偷食去。其结果是，所带的干粮，往往支撑不到周末。我们又要过几天饿肚子的日子。

也结伴去同学家打牙祭。有女生晚上要归家取东西，我们呼啦啦吃喝上五六个人去送她。乡下的夜晚，那么安静，我们的动作，却搞得那样大，齐刷刷站在女生家的院墙外，兴奋地说笑，等着她父母来开门。她母亲后来给我们做荷包蛋吃，一人三只。我们就那么心安理得地吃下去，不知一个穷家里，那么多鸡蛋，该积攒多少时日。

就这样，吃着吃着，我们也就长大了。吃着吃着，我们也就毕业了。

泡桐花开

我的高中，是在离家三四十里外的小镇上读的。

那时的交通，远不似今天这么便捷。乡下也不通车，要去镇上，只有两个选择，骑自行车，或步行。家里当时有一辆自行车，我若骑去学校，全家人出门就极不方便了。我于是选择步行。

星期天的午后，我背着干粮——一周吃的咸菜、大米，沿着弯曲的土路，出发去镇上。冬天的天黑得早，我往往要走到太阳落山，才能到达小镇。那个时候，万家灯火已次第亮起，我感到既孤单又荒凉。远远看见学校了，我像极一尾终于找到水的鱼，一头扑进去。

两层的教学楼，红砖红瓦，楼前长着泡桐树。冬天，树干光秃，上面落满阳光。最好看的是四五月，树上缀一树紫色的花，撑着一树的小伞似的。我们人坐在教室里，稍一转头，就与那一树一树的花重逢。

清晨的花树下，晃动着男孩女孩的影，他们在晨读。我也喜欢捧本书，沿着一排的泡桐树走过去，再走过来。紫色的小花，落在书页上，也落在我的心上。我抬头看，怔怔地，想一想不可知的未来，整个人，被一种说不清道不明的情绪笼罩着。青春在骨头里，悄悄地开着花。

读书改变命运——这话不用父母提醒，是早早烙在我的心里的。那时，我是个性格极其内向的女生，家境清贫，自卑是写在脸上的。羡慕过家住镇上的同学，他们穿整洁的衣，说话大声，走路张扬，永远青春蓬发的模样。他们住在黛瓦粉墙木板门的房子里，青石板铺就的巷道，走上去，幽深幽深的，像古典的梦。黄昏时分，整个巷道上空，飘着好闻的饭菜香，与我的乡下是多么不同。我拿不出什么可以示人的东西，唯有埋头苦读，用成绩来说话。

忧伤时不时来袭，莫名的。看着满地的落花，想掉泪。对着将逝的黄昏，想逃离。多年后，我才知道，那是青春必经的道路——敏感，脆弱，易感伤。那个时候，我常跑去学校门前的小河边。河岸上，长满野花野草，无人光顾，它们照旧喜眉喜眼地生长。清冽的河水，在微风的吹拂下，笑出好看的波纹。天空中，有鸟成群飞过，快乐的啁啾声，洒落下来。我变得安静，忘了忧伤。那时不懂，生命原是个个按自己的样子活着，只觉得，自己仿佛也变成一朵花，一棵草，一只鸟，甚或是，一瓢清浅。

又一年泡桐花开，紫色的小花，小伞似的，撑了一树又一树。市里举办中学生作文竞赛，校长在全校师生大会上许诺，谁拿到第一名，就请谁的父母来，给佩戴上大红花。我听得心中涟漪四起，暗地里悄悄用功，想着，一定要让我那大字不识一个的母亲，胸上别上大红花。

结果，我真的拿了第一名，全校沸腾。我回家，故意不动声色，只对母亲说，妈，学校让你去一趟。母亲当时正在桑树地里除草，碧绿的桑，是春蚕的希望。母亲听到我的话，脸暗了暗，她直起身来，揉着弯疼的腰问我，你闯祸了？

我赶紧回，没。

那学校做什么要我去？母亲觉得不可思议。地里的庄稼活离不开她，再说，她也从没出过远门。去镇上，可算是她去得最远的地方。但最终，母亲还是同意跟我去学校，走之前，她用布袋包了几只鸡蛋揣上，——母亲还是担心我在学校出了事，她想用鸡蛋去跟老师打招呼。

母亲被校长迎上主席台，胸前给佩上大红花。母亲一下子手足无措起来，她本能地谦让，这个我不要，你们戴你们戴。校长按住母亲的手，亲切地说，这是你女儿的荣誉，感谢你生了个好女儿，作文竞赛得了第一名，为我们学校争光了。母亲终于明白过来，她局促地笑了，笑出两眶泪。泡桐花的影子，在她黑瘦的脸上荡漾。那一刻，我黑瘦的母亲，美丽得无与伦比。

品味时尚

　　是在突然间起了念头，要来个农家游的。

　　那日，闲来翻报，看到"休闲时尚"一栏，大幅的照片上，村庄田畴铺陈，阳光融融，人们笑脸灿烂。旁有文字介绍，说上海市民现在最时尚的生活，是去乡下吃农家饭，品农家菜，看农家景。

　　失笑不已，这样的时尚，我在一二十年前可是天天品味着的。

　　得了启示，休息日里，电话召集同样在外工作的弟弟，我说我们这次一起来个农家游可好？

　　两家人马，浩荡成一支队伍，直往乡下——我们的老家扑去。慌张了我们的父母，他们站在屋前，手足无措地望着我们笑，问，乖乖啊，今天又不过年又不过节的，咋都回来了呢？

　　一笑，回他们，想你们了呗。话说完，脸暗自红，若不是受这时尚的农家游的启发，生活在城里的我们，平常日子里，哪里会想到父母？

　　父母冷清的小屋，因我们的到来而热闹。家里养的小黄狗也来凑热闹，老熟人似的，绕了我们的脚跟嗅。一只小羊跑来，站在门口，朝着我们好奇地张望。琥珀色的眼睛里，有着孩童般的温柔和天真。母亲介绍它像介绍她另外的孩子，母亲说，这是家里刚生的小羊，这小家伙聪明得跟人似的，我和你爸从田里回来，它都老远跑过去接。前些天，它吃了下过露水的草，泻肚子了，再给它湿草，它怎么也不肯吃了。

我们都以为奇，围着小羊拍照。暗喜不已，这样的"明星人物"，到哪里找？六岁的小侄子更是抱着它，当了活玩具，喜欢得不肯松手了。

提了篮子，去地里摘菜蔬。初夏的天，地里的植物们，葱茏得不能再葱茏。瓜果多的是，香瓜梨瓜木瓜，比赛着结，——随便摘吧。蔬菜多的是，韭菜一垄一垄地绿着。还有小青菜，嫩得掐得出水来。黄豆荚也饱满得刚刚好，用韭菜炒嫩黄豆吃，既鲜嫩又清新。

邻居们隔屋相望，远远招呼，我家有紫茄子要不要？

要，当然要。提了篮子就过去了，摘了小半篮子。邻人还嫌不够，频相劝，再多摘点呀，我家里多着呢。

心里满溢的都是好。乡下人家就是实诚，在他们，给予是福。而你的接受，对他们来说，更是福。因为你的接受，意味着没拿他们当外人。心与心，原是这样靠近的。

很快，正宗的土灶上，烧出正宗的土菜，父亲还斩了一只草鸡，一桌子的好吃好喝。我们埋头大吃，直吃得打饱嗝。父母却吃得少，一直在一旁笑眯眯地看着我们，不时地叹一声，真好。

真好什么呢？在他们，子女能常回家看看，就是最大的满足。我突然想，假如，与亲情相约也能成为一种时尚，将有多少父母笑开颜啊。而我们，也因这样的时尚，可以时常与记忆里的自己重逢，去童年待过的地方走一走，去问候一下从前的蓝天和白云。人生会因此，更为丰满。

你在，心就安

　　祖母八十六岁的时候，耳还不背，眼也不花，还可以在屋内眯缝着眼做针线。大她两岁的祖父却不行，一步已挪不了两寸了。他总是安静地坐在院门口晒太阳，一坐就是大半天。

　　两个人，不过隔着一屋远的距离，祖母却每隔十来分钟，要大着声唤一声祖父。"老头子！"祖母这样唤。有时祖父听见了，会应一声"哎"。祖母笑，仍旧低了头，做她的针线活。有时祖父不应，祖母就会急，迈着细碎的步，走出门去看，看到祖父好好的，正在太阳下打着盹呢。祖母就笑嗔："这个死老头子，人家喊了也不睬。"

　　我笑她："你也不怕烦，老这么喊来喊去地做什么？"祖母抬头看我一眼，宽容地笑，说："儿啊，你不懂的，知道他好好地在着呢，才心安的。"

　　心，在那一刻，被濡湿了，是花蕊中的一滴露。原来，幸福不过是这样的，你在，就心安的。粗茶淡饭有什么要紧？年华老去有什么要紧？只要你在，幸福就在。

　　我想起三毛和荷西来，那对爱情神话中的人儿。那时，她在灯下写字，他在一边看书，两个人有一搭没一搭地说着话。是不是偶尔，她一抬头，叫一声："荷西。"亲爱的那个人，会缓缓回过头来，看她一眼。也没有多话，只温暖地交换一下眼神，然后，她继续快乐地写字，他继续迷醉地看书。但却有厚实的东西，填满了他们的心。你在，就心安的，这是人世间最最温馨的相伴。后来荷西走了，她在灯下，再也唤不回他回眸的温暖了。尘世间再美的风景，也与她无关。她的心，是空的。十年后的某天，她终追了他去。

曾听一个女人讲过这样一件事，说她的男人，在夜里睡觉时喜欢打呼噜。一日一日的，她习惯了他的呼噜声，每夜都是在他的呼噜声中入睡，睡得安稳而踏实。偶尔她男人夜里睡觉不打呼噜，她必三番五次醒过来，伸了手去摸，摸到他正均匀地呼吸着，她才会放下心来，继续睡。

初听时，以为笑话。其实，不是。人世间的爱情莫不如此，就是亲爱的人，你必得在我眼睛看到的地方，在我耳朵听到的地方，在我手能抚到的地方，好好地活着。你在，就心安的。只要你在，整个世界，就在。

挂在墙上的蒲扇

逛街，偶见一地摊，摆在护城河畔，卖些杂七杂八的什物，有针头线脑、鞋垫、淘米篮子啥的。在地摊一角，竟横七竖八摆了些蒲扇卖，扇面上烫了画，小巧盈手，更像工艺品。

这是走了样的蒲扇，但到底是蒲扇，心底还是泛起久别重逢的欢喜。我停下来买一把。他问，买了做什么？我答，回去挂墙上。

记忆里，没有蒲扇的夏天，哪里叫夏天？

那个时候，夏天纳凉的唯一工具，是蒲扇。哪家少得了它？卖蒲扇的男人，担着一担子的蒲扇，到乡下来。他手里擎把大蒲扇，大烈日下，边扇风边挡太阳。主妇们围拢过去挑，七嘴八舌着。其实有什么可挑的？都是一样的，簇新簇新的。新做的蒲扇，面容洁净，笋白着。闻闻，有股类似于麦秸的味道。

买回的蒲扇，主妇们都用布条，把边子重走上一遍。镶了边的蒲扇，有些沉，扇的风，不爽快。但耐用啊，即使天天摇，一个夏天也摇不坏，可以留着，待下一年夏天再用。

晚上，村里人自动组合，三五个聚一起，在空地上纳凉。人人手里一把蒲扇，不紧不慢地摇，摇出了不少的俚语笑话。孩子们是绝没有耐心摇蒲扇的，他们呼朋引伴，一窝蜂地钻草堆，蹲草丛，玩得汗流浃背。总有母亲，捉了自家的孩子，用蒲扇在他（她）的屁股上敲两下，怒斥，你能不能安生点？瞧瞧，刚洗完澡的，身上又淌湿了！

理她呢。撇撇嘴，嬉皮笑脸着，哧溜一下，如小泥鳅似的滑开去。草丛里的热闹，永远吸引着孩子。萤火虫装了大半瓶。真可怜了那些小虫子，它们若不是那么招摇，何至于落下被囚禁的命运？到最后，如何安置那些"囚犯"的，孩子们已不理会了，那瓶子多半被随手扔了。第二天晚上，另找了空瓶子来，再捉。夏夜的天空下，萤火虫永远多得像天上的星星。

玩累了，一个个躺到自家搭在门前的门板上，安静下来。夜渐渐深了，四周的声音，渐渐隐伏于夜的深处。这个时候，稻花的清香，随着风飘来，一阵一阵。有鸡在梦中打鸣。天上的星星，繁密得像撒落的米粒。

祖母摇着蒲扇讲故事，重重复复讲的都是小媳妇遇到恶婆婆了。她摇着摇着，那速度就慢下来，嘴里的呢喃，终至消失。鼾声响起。我们抬眼看她，她坐在椅子上，头垂着，嘴巴微张。握蒲扇的手，也垂着。我们扯拉她手里的扇子，祖母惊醒，用扇柄轻敲我们的手，笑说，调皮啊。复又摇起来……

这样的景，再无处可寻。曾经一个个摇着蒲扇的人，都跟着岁月远去了。我的外婆走了，我的祖母走了。而我每次回乡下，母亲都要告诉我，哪个我熟悉的乡亲，也走了。偌大的乡下，再不见了蒲扇的影子。家家都装电扇了，甚至蚊帐里，也挂上一台。仿佛这承载了三千多年历史的蒲扇，从不曾来过。

我把新买的蒲扇挂上墙。我指着它，告诉邻家三岁小儿，这叫蒲扇，是用来扇风的。

蓝色的蓝

　　她报出她的姓时，我们都讶异极了。"蓝，蓝色的蓝。"她笑着说，红唇鲜艳。继而介绍她的名，居然单单一个字，蓝。她的名字，蓝蓝。那会儿，我们正站在蓝蓝的湖边，蓝蓝的天空倒映在湖中，如一大块蓝玉。她的名字，应和了眼前的景色。如此诗意，真是让人妒忌。

　　我们一行人游西藏，她是半道上加进来的。之前，她一个人已游完拉萨，还在一家医院里做了一天的义工。"也没做什么啦，就是帮人家拿拿接接的。"她满不在意地大笑起来。灿若一朵木棉花。五十多岁的人，看上去不过四十出头，明丽得很。小导游喊同团稍上年纪的女人阿姨，却叫她，蓝蓝姐。她乐得眉毛眼睛都在笑。

　　我们都羡慕她的明媚和精气神。几天的西藏行走，我们早已疲惫不堪，高原反应也还在折磨着大家，一个个看上去灰头土脸的，她却精神饱满得枝叶葱茏。"你真不简单！"我们由衷地夸她。她听了，哈哈大笑，开心极了。

　　她爱笑，热情，说话幽默。一团的人，分别来自不同地方，彼此间有戒备，一路上都是各走各的，少有言语交流。她的到来，恰如煦风吹过湖面，泛起水花朵朵。众人受她感染，都变得活泼起来亲切起来，有说有笑的。原来，大家都不是生来冷漠的人哪。

很快地，她跟全团的人混熟了。这个头疼，她给止疼药；那个腹泻，她给止泻药；有人削水果，不小心被刀划破了手，她伸手到口袋里一掏，就掏出几块创可贴来。仿佛她会变魔术。大家对她敬佩和感激得不得了，她却轻描淡写地说："这没什么，我只不过多备了点常用药。"

西藏地广路遥，一个景点到另一个景点，往往相距几百公里，要翻过许多座山，涉渡许多条河。天未亮，我们就摸黑上路，所有人都睡眼惺忪，根本来不及收拾自己，只把自己囫囵塞进车子了事。她却披挂完整，眼影，眉线，口红，样样不缺，妆容精致，光彩灼灼，跟画里的人似的。我们忍不住看她一眼，再看一眼，心里生出无限的感喟与感动来。

知道她的故事，是在纳木措。面对变幻无穷风光诡异的圣湖，她孩子一样欢呼奔跑。然后，突然双膝跪下，泪流满面。我们都吓了一跳，正愣怔着不知怎么办才好时，听到她喃喃地说："感谢上帝，我来了。"

原来，她身患绝症已两年。医生"宣判"的那会儿，她只感到天崩地裂。她在意过很多，得失名利，都曾是她生命的主题曲。她玩命地去争，甚至因此忽略了家庭，让自己憔悴不堪。当她知道自己的生命只剩下短短三个月时，双手曾经紧握着的那一些东西，都成了浮云，她只要自己能活。

她重新打理自己的生活，养花种草，出门旅游，还常常去做义工，生命变得充盈起来。每天清晨睁开眼，看到窗外第一缕阳光，她的心里都会腾起一阵欢喜："感谢上帝，我又拥有了一天！"她把每一天，都当作是崭新的，是重生。所以，心中时时充满感激。她活过了医生断定的三个月。活过了一年。活过了两年。还将活下去。

我们听得涟漪四起。生命本是如此珍贵，当爱惜。我们不再说话，一起看湖。眼睛里，一片一片的蓝，相互辉映交融。那是湖的蓝。天的蓝。广阔无垠。

告诉海豚你爱它

青岛建有大型海洋馆，很神奇。去青岛，好玩的就是这个，不去也被怂恿着去。你不去海洋馆，来青岛干吗呢？见我犹豫着，陪同的人一脸诧异，觉得不可思议。

是啊，山也不奇，水也不奇，奇就奇在海底世界。那里，缤纷如尘世，却比尘世更富传奇色彩，那是水里的天与地，是水里的神话。

那么，去吧。穿过长长的"海底隧道"，人一下子仿佛掉进了幽深的海洋中。不见天日，却自有天日，两旁是蓝幽幽的海水相簇相拥，头顶上亦是波光潋滟。各种海底生物，如同春天的花朵般的，在水里面肆意"绽放"，争奇斗艳着。美丽的珊瑚，算得上是海里的树，参天蔽日。又像是海里的山，重峦叠嶂，云遮雾挡。五光十色的小鱼，斑斓着，在其中游来穿去，如同一只只花蝴蝶。鱼是水里的蝴蝶。这个时候，你除了感叹海底的神奇，更感叹人力的浩瀚，上天入地，人还有什么不能？

我正瞅着水里的"蝴蝶"愣神，感觉它们一个一个都是天生的舞蹈家，舞姿轻盈，千变万转，让人眼花缭乱。突然，身边的脚步声密集起来，一群人紧着往一个地方涌去，潮水般的。有声音在问，怎么了？怎么了？有声音匆匆应答，快去看海豚表演啊，就要开场了。

我不由得跟着跑过去。表演大厅里，高高低低的看台上，早已黑压压坐了一片人。我寻得座位刚坐下，那边的表演已开始，白鲸，海狮，海獭，海象，轮番上场。与人共舞，或独舞，一个个憨态可掬，乐翻了一场人。场上的掌声此起彼伏，经久不息。

轮到海豚表演了，它们的样子看上去笨笨的，体态却轻盈得似小鱼。一方池子里，它们一会儿没入水中，一会儿腾跳到半空中，在驯养员的示意下，顶球，钻圈，在水中翩翩起舞，完成着一个又一个高难度动作。还时不时展喉高歌，发出正宗的海豚音，一曲终了，再一曲，看得人如痴如醉。

表演接近尾声，海豚们陆续退到后台，观众们有点意犹未尽。这时，主持人突然面向观众席，激情澎湃地说："我们大家都知道海豚是很有灵性很聪慧的动物，如果我们哪位观众，能走到台前来，对着海豚远去的背影大叫几声，海豚海豚我爱你！海豚就会回来，并且会跳到台上来，和你握手拥抱。来，就让我们来试试好不好？"他的话音刚落，举起的手已是一大片，众人都想去试。结果，是最前排的一个小女孩，被主持人选中。小女孩五六岁的样子，起初有点害怕，任主持人再鼓动，她也不肯对着话筒说话。后来，主持人问她："那你喜不喜欢海豚？"小女孩答："喜欢。"主持人说："既然喜欢，那你要不要告诉海豚？你不告诉海豚，海豚怎么知道你喜欢它呢？来，让我们告诉海豚你爱它，好吗？"小女孩想一想，答："好。"遂对着话筒叫道："海豚海豚我爱你！"一声声，清亮稚嫩，如三月的小草，让人望得见有晶莹的露珠儿在上面滚动。

全场寂静。只有小女孩的声音，在表演大厅里，一遍一遍回荡。众人屏声静气等着奇迹发生。我忍不住眼睛潮湿，我以为，那是一个稚嫩，呼唤另一个稚嫩；是一个纯洁，呼唤另一个纯洁。海豚真的回来了，它从池子的另一头，猛地扎到水里，一个腾跃，一下子跃到这头来，直起身子，跑到小女孩身边，和小女孩拥抱。霎时，全场欢声雷动。

表演结束，众人心满意足散场。工作人员在电喇叭里叫："要和海豚合影的游客们，请到这边来，五十块钱一张。"池子那边，簇满了人。另一部分工作人员在清场，不久之后，海豚们又要进行下一场演出，外面的游客在等着的。我在表演大厅外，站了很久，小女孩稚嫩清亮的声音，一直在我耳边回荡，她叫："海豚海豚我爱你！"

我们爱吗？我们不爱的，我们只是一群看客。

那些彩色的时光

　　她最早的记忆，是在三岁左右。她能清楚地说出当时的人与事，这一点让很多人惊奇。三岁的小人儿，走路尚且不稳，但每天却摇摇摆摆地独自上路，且很有主见地朝着一个方向奔。

　　母亲不在家。母亲总是不在家。母亲去食品厂上班，叮嘱姐姐照顾她，说晚上给她们带饼干吃。姐姐嘴里答应着，好。母亲刚一出门，姐姐就跑去外面，和街道的一帮孩子疯玩，玩得热火朝天。他们玩捉迷藏，玩丢布袋子，玩跳格子。玩着玩着，就把她扔下了。她在一边看着，有些寂寞，也有些无聊。她于是独自上路。

　　穿过碎石铺就的巷道，路过一家茶水房，一家烧饼店。茶水房的老板娘，一个身材高大健硕的女人，看见她就咂嘴，满脸的同情。一帮女人闲坐在茶水炉旁，对她指指点点，说着闲话。她不理，兀自走她的。

　　烧饼店那个做烧饼的，是个满脸麻子的中年男人，街坊们叫他麻子。麻子偶尔去她家，母亲没有好脸色对他。麻子看见她，会很热乎地招呼，呀，小蕊呀，吃烧饼不？她心里很想吃，但母亲特别交代过，不许吃麻子的烧饼。这话母亲是用很严厉的语气说出来的。她记住了，很有志气地冲麻子说，我不吃。

出了巷道，拐弯向左，是一条大街，有小河穿街而过。小河上架木桥，从木桥的缝隙里，清晰地看到下面湍急的河水。她不敢过木桥，手脚并用地爬过去。等爬到对岸，她就可以望见父亲的房子了。小小的心，暖乎乎的。

父亲的房子当街而立，黛瓦，木板门，厅堂幽深。门前有棵石榴树，树不高。开花的时候最好看了，小红灯笼似的花，挂了满满一树。父亲会摘了戴在她的小辫子上。树干上钉一木牌子，木牌子上一行黑漆字。直到念书识字后，她才知道，那上面写的是：许羽飞牙诊所。

父亲是个牙医。父亲穿白大褂，样子修长，也很斯文。父亲远远望见她，会笑眯眯地迎出来，一把抱起她，用胡茬儿扎她的脸。隔壁是家卖糖烟酒的小店，父亲抱她去买糖。店主是个年轻的女人，苹果脸，扎一条粗黑的辫子。女人和父亲相当熟稔，看见她，笑着伸手来抚她的脸，一边跟父亲说话。小丫头又来看你啊，女人说。父亲亲亲她的脸，高兴地说，是啊，小丫头又来啦。

她不关心他们的对话，她关心那些糖。它们用或红色或绿色的糖纸包着，甜得让人的心发颤。她吃完糖，可以玩那些糖纸。对着太阳照，太阳是红的。换一张照，太阳是绿的。就这样，时光变成了彩色的。

黄昏时，她原路返回。父亲把她送到河对岸，叮嘱她，不要跟妈妈说你来过。她点头，狠狠点头。回家，见了母亲，果真只字未提。现在想来都有点不可思议，那么小的人儿，怎么能严守那样的秘密？

　　竟不曾奇怪过这样的状况——母亲住一处，父亲住一处。她以为，本该这样的，各有各的家。直到有一天，邻家一小孩，跟姐姐抢一根橡皮筋，抢不过，就骂姐姐，野种，没有爸爸要的野种。她反驳，不是的，我们有爸爸，我们的爸爸住在河那边，我们的爸爸是牙医。那小孩就问她，你说你有爸爸，你的爸爸为什么不住在你们家里？你看我的爸爸就住在我们家里。

　　她们哑口无言。拿了这样的问题回家问母亲。母亲的脸变得铁青，警告她们说，以后不许再提爸爸两个字，哪个提，我撕烂哪个的嘴！你们的爸爸死了！

　　小小的心，哪里能明白大人间的恩怨？明明父亲在，母亲却说"他死了"，这样的疑问，也只能藏在肚子里。

　　她还是偷偷到父亲那里去，吃糖，玩糖纸，享受她的彩色时光。

　　到底被母亲发现了，是姐姐告的状。姐姐说她吃了父亲给的糖。母亲责令她跪下，第一次用笤帚打她，边打边哭。母亲说，下次还吃不吃那个坏家伙给你的糖了？母亲的打不令她害怕，母亲的哭，却让她害怕无比。她答应，坚决不再去了。

　　那以后，她真的不再去河对岸。有时寂寞了，她还会穿过石子铺就的巷道，路过茶水炉，路过烧饼店，左拐，上街道，站在河这岸往那岸看。有一次，正看着看着，就看到父亲过来了。父亲惊喜地冲她叫，小蕊，咋不过来看爸爸了？她转身就跑，半路遇到姐姐。姐姐看到父亲，两眼瞪得溜圆，气鼓鼓地说，你是坏人，你敢碰我妹妹，我就告诉妈妈。姐姐说完，拉着她就走。街边有人出来看热闹，有人大声叫着，许医生呀。她回头，看到父亲往回走，背影很受伤很无奈。

一个秋天过去，一个春天过去，她上学了。父亲那时已再婚，跟卖糖烟酒的那个年轻女人。他们很快生了个女儿。母亲的脾气变得暴躁，听不得别人提父亲的名，一提，就骂人。邻居阿姨有次说到要看牙医，要去找许羽飞。正说笑着的母亲突然翻脸不认人，把人家臭骂一顿。

她和姐姐小心翼翼地不再碰触到那个人，以及那个名字。日子有些憋闷，又有些荒凉地朝前走着。

父亲却来找她们了，是在姐姐生日那天。父亲买了一个大蛋糕，还买了一些糖果，等在她们学校门口。姐姐把父亲给的蛋糕扔在地上，踩上一脚，说，谁稀罕你的蛋糕呀。转身跑了。她也不肯接下父亲给的糖果，她仰头对父亲说，我恨你！父亲听了，怔住，唤她，小蕊？父亲脸上的肌肉痉挛地跳着，人仿佛一下子苍老下去。她顾不上了，她跟着姐姐跑远。

其实，一个孩子哪里懂得什么叫恨呢？轻飘飘地说出来，也就说出来了。对父亲，却不啻雷击。父亲再没找过她们，倒是托人带过东西给她们，带给她的是一条镶着蕾丝边的红裙子。带给姐姐的是一双漂亮的红皮鞋。在当年的小街上，这些都是贵重物。母亲却当着她和姐姐的面，拿剪刀铰了。她和姐姐都哭了，她们心疼漂亮的红裙子和红皮鞋，她们也心疼她们自己。

母亲带她和姐姐搬了家，在她十岁那年。她们搬到外婆所在的小镇，与父亲彻底地远了。那黛瓦木板门的房子，那开着小灯笼似的红花的石榴树，还有那些花花绿绿的糖纸，与她再无关了。

再次见到父亲，是在姐姐出事后。姐姐早恋，爱上一个男孩，一腔痴情地投入进去，甚至不惜跟母亲反目，最后却被抛弃了。姐姐想不开，割腕自杀，血流了一大摊。母亲哭得晕过去。

姐姐后来被救活了，是父亲救的。不知父亲怎么听到消息，他几乎在第一时间赶到医院，输了很多血给姐姐。然后抱着姐姐，不停地唤着姐姐的小名。母亲却不领情，看见他就疯了似的扑上去踢他咬他，一边踢一边哭骂，都是你害的！都是你害的！父亲任由母亲踢打，眼泪断了线的珠子似的，骨碌碌滚下来。

她不知道如何面对，转身走了。医院后面，有个凉亭，她坐在凉亭里发呆。身后突然传来父亲的声音，父亲轻声问，小蕊，你也恨爸爸吗？她没有转身，也没有回答他。许久之后，她听到有声叹息重重地落下，是父亲的。父亲说，你要好好的，别学你姐，让你妈操心，你妈不容易。父亲这话激起她心头无名的火，她回他，你早干什么去了？你为什么狠心地抛下妈妈，跟别的女人结婚？

听不到父亲的回答。待她转身，父亲已走远，踽踽地。背影沧桑又荒凉。

她考上大学的时候，姐姐工作了。姐姐选择了跟父亲一样的职业，做牙医。母亲不知怎么也想开了，没有反对姐姐。母亲叹着气对姐姐说，你像他，一个模子雕出来的。

她去上大学前夕，姐姐忽然对她说，你去看看他吧，他会高兴的。对当年他抛弃母亲，姐姐用了一句话作了总结。姐姐说，感情的事，勉强不得。

她顺着记忆往回走。原先的巷道，已拆除殆尽。河还在，水已见底。木桥变成水泥桥了，宽阔气派。父亲的房子，竟还是原样子，门前的石榴树还长着。树上的木牌子挂到了墙上，上面还是那几个黑漆字：许羽飞牙诊所。

父亲正在给人洗牙。白大褂穿着，样子很修长，也很斯文。只是头发里已霜花点点。父亲看到她，高兴得有些慌张。他低声对他的顾客说了几句什么，又是作揖又是鞠躬的，把顾客给哄走了。而后，他搓着双手，走到她跟前，看着她傻笑，说，小蕊都上大学了。再傻笑，说，小蕊都上大学了。再再傻笑时，眼泪就笑出来了。

她脱口而出问父亲，爸，我小时玩过的糖纸还在吗？她是当作玩笑问的。没承想，父亲的回答居然是，在，在，都给你留着呢。

父亲随即去了里屋，再出来，手里已多出一个木盒子。木盒子里叠放着的，都是她当年玩过的糖纸，花花绿绿的。

她拿出一张对着太阳照，太阳是红的。换一张照，太阳是绿的。时光是彩色的。

每一寸阳光，原都是缤纷的

病中，整个人像被搁浅在沙滩上的鱼，每日醒来就想，这日子该如何消遣？

鸟叫声渐渐稠密，唧唧，啁啁，丰满着我的窗。冬天快走了，春天就要来了，鸟最先知道。鸟是天际间的灵。

客厅的藤椅上，阳光率先坐上去。我倚在房门口看，只觉得藤椅上的阳光像一个人，一个装满甜蜜和热情的人。它在，便是明媚便是花开。

花架上的水仙，也真的开了。它捧出一颗鹅黄的、香喷喷的心，冲着阳光，昂昂然，很是骄傲的样子，仿佛在说，瞧我，有本事吧，可以开得这么好看这么香！

的确好看。"瓣疑呈玉盏，根是谪瑶台"，说的是它。"仙风道骨今谁有？淡扫蛾眉簪一枝"，说的还是它。香就更不用说了，香得很水仙，不过几朵小花，就能染香一屋子。看着它，我总忍不住要惊奇，那么小的一朵儿，怎么就有那么大的能耐呢？掏出来的是香，再掏出来的，还是香。

想起老家的凡芳来，一个矮小瘦弱的女人。女人天生的矮个子，个头只跟十来岁的孩子差不多。一生育有五个子女，男人中途殁了，那个时候，她最小的儿子还抱在怀中吃奶。村人们都以为她过不下去，劝她把孩子送人。她不肯，一个人在日子里摸爬滚打，养大五个儿女，且个个都养得生龙活虎的。五个儿女中，有四个念完大学，留在了大城市工作。村人们说起她，没有不敬佩的："那么瘦小的一个人，把一群儿女养得那么好。"

生命就是这么神奇的一件事，有时的弱小，却蕴含着巨大的能量，让人不容小觑。

我坐到藤椅上，和阳光相偎。这个时候，我很像一株植物，像花架上的水仙，像阳台上的瑞香和杜鹃。我对着这些植物笑，感觉它们也在对着我笑。我想起一个孩子说的话："我弹琴给花听，花便跳舞给我看。"孩子在家门口练琴，家门口种一大丛九月菊。每当他弹琴的时候，那些小花们听见了，便都跟着他的旋律舞起来。我信，生命与生命之间，一定存在着某条秘密通道，相互抵达，温暖，且欢喜。

隔壁人家的男人在刷墙，提了赫红的漆桶。男人常年在外打工，极少归家，想来他是想趁着这个正月空闲，好好装扮一下他的家。不过三间普通平房，瓦灰灰的，墙灰灰的，然在男人的眼里，它是他美好的家。赫红的漆，刷在灰灰的墙上，艳极。男人每刷几下，就退后几步看，很是满意的样子。他的样子，让我心中溢满感动，生命原是充满热爱的，贫穷一点又何妨？只要热爱，它一样是绚丽的。

手机响，跳出这样一条信息来："梅子，生病有时也是一种福，你可以一门心思地享受时光。你就趁着上苍给你的这次生病机会，好好享受吧。"我笑了。当病痛与我不期而遇，我终于让自己的脚步彻底慢下来，我可以长时间地听鸟叫，看花开。我可以花一整个下午的时间，与温暖的阳光偎在一起，看隔壁那个抹墙的男人，怎么把一面粗陋的墙，变得整洁起来华美起来。每一寸时光，原都是缤纷的，值得好好消磨与品尝。

每一颗种子，都曾有花开的繁华

1.爱一个人，不单要爱这个人本身，连同他（她）的父母也要一并爱的。没有他们，哪里来的他（她）？哪里有烟花三月，人生正当年？别嫌弃他们的苍老或是贫穷，他们用他们的青春和爱，抚养大了他（她），这才有了你们的相遇。在爱面前，没有一个父母不是富翁。

2.多跟孩子交往。不妨跟他们做做游戏，陪他们讲讲故事。或者，什么也不做，只微笑地坐一边，看着他们玩耍。在他们眼里，你真的能看到天使，他们是这个世上，活着的童话。

3.当你是一只橘子时，不要幻想成为苹果。别人的经验未必适合你，你是你，你有你的方向要走。人生的目标切合实际，叫理想。反之，则叫幻想。幻想的事，都是不着边儿的，即使你再努力，你也注定不会成功。那么，还是安心地做一只橘子吧。

4.给自己一个放松的理由，多去室外走走，特别是在夜晚。那会儿，白天的喧嚣，遁于无形。植物浓密的香气，会淹没了你。看天，天是你的。看地，地也是你的。四野寂静。你会突然生出热爱的心，活着，原是这么的富足。

5. 如果看中了什么，就买下吧，当作礼物送给自己，只要不让你倾家荡产。钱用去了可以再赚，那一颗喜欢的心没了也就没了。爱生活的前提是，首先要爱自己。

6. 多养几盆植物吧。在累了烦了的时候，不妨与一盆花相对。花不急，在什么季节里抽枝长叶，在什么季节里打苞开花，它一步一个脚印，有条不紊着。你看见也好，没看见亦罢，它就在那里，默默生长，寂然欢喜。当你拥有了一颗植物的心，你的人生，会变得从容许多。

7. 尽孝道要趁早。有些爱，是等不得的。在你能说出爱的时候，一定要说出来。在你能送出爱的时候，一定要送出去。千万别说，等等，再等等。也许，那一等，就成终身遗憾。

8. 一个亿万富翁感叹，我好穷。因为，他要买超级豪华游艇，他要买联体别墅，他要买一座山庄，亿万元实在算不得什么。而穷人，意外地获得十块钱，他（她）也会欣喜若狂，觉得富有。因为十块钱可以买好几斤大米，可以买好几块面包。对了，他（她）看中的一条地摊上的裤子，刚好也是十块钱。这世界，绝对公平，有人拥有财富，却没有快乐的心。有人缺失财富，却能做到乐天安命。

9. 幸福到底是什么？说到底，就是当下的拥有啊。睁开眼睛，能看，是幸福。张开嘴巴，能吃，是幸福。迈开步子，能走，是幸福。竖起耳朵，能听，是幸福。如果你全部拥有了，实在是天大的造化啊！所以，少抱怨，多感激吧。

10. 不要哀叹韶华已逝，不要羡慕青衫年少。那一些，你也曾经历过。也曾在漆黑的大街上，放开嗓子吼唱。也曾为爱情的降临，耳热心跳。也曾朝气蓬勃，眼睛灼灼，仿佛里面有一万颗星星在闪烁。人生都是一段一段的。每一颗种子，都曾有花开的繁华。

第三辑
草木有本心

　　所有的草木，都长着一颗玲珑心，天真无邪，纯洁善良。没有草木是丑陋的。如同青春美少女，不用梳妆打扮，一颦一笑，散发的都是年轻的气息，清新迷人，无可匹敌。

两个瓦工师傅

两个瓦工师傅，一个姓尹，一个姓朱。两个人搭档着，专贴瓷砖，在这一行当，一做十多年。

我家新房装修，听人介绍他们手艺好，遂托了人去请。那边说，排队等着吧。我们急，得等多久？那边回，也就三四个月吧。语气浅淡。复又递了话过来，说，若是等不及，可以不等的，你们另请别的瓦工做吧。

这态度近乎傲慢了。因他们这等傲慢，我们倒愿意等了，傲慢是要有底气的，想来他们的手艺真的不错。

几个月后，终于等来他们。尹师傅瘦，朱师傅胖，两个人一动一静，如静风拂着流水。朱师傅几乎不说话，得空了，只闷头抽烟。我们对他说，吸太多烟不好呀。他抬头笑一笑，不作声，复低头吸。尹师傅却是个话痨子，一杯浓茶在手，一双灵活的小眼睛，眨啊眨的。他说，刚忙完一小老板的别墅，好家伙，那幢别墅所有的墙壁全贴的瓷砖，单单买瓷砖就花了三四十万呢。在他们之前，小老板曾找过七八拨瓦匠，都不满意，直到找到他们。

是吧？他得意之情横溢，扭头问朱师傅。朱师傅不开口，只抿了嘴笑，把一块瓷砖拿在手上敲敲，又放在耳边听听，再对着墙上比画着。比画半天，搁下，重拿一块，再如此动作一番。半个时辰过去了，一块砖还没贴上墙。

我们贴的质量你们绝对放心，尹师傅看着发愣的我们，说。他亦拿起一块瓷砖，敲敲，放耳边听听，再对着墙上比画着。这架势，不像在贴瓷砖，倒像在镂刻。我们暗喜，这两个师傅算是找对了，慢工出细活的。

隔三岔五的，我们会去新房子那里看看。常碰到两个师傅在休息，一个喝茶，一个吸烟。一旁的随身听里，放着热闹的相声。尹师傅看到我们，赶紧麻利地起身，关了随身听，热络地跟我们打招呼，介绍他们的进度。朱师傅仍稳稳坐着，兀自吸着他的烟，脸上挂一抹淡淡的笑。偶尔我们下午去，难得见到他们的人影，一屋的装潢材料凌乱着。打电话去问，一个答，正在牌桌上和几个牌友打小牌玩。一个说，他跟人去海边看涨潮了。

装潢的进度自然极慢，有不少等在后面的主顾，三天两头来追。他们一律慢悠悠地答，这活，快不了的，如果等不及，你们另请别人吧。他们接下的活计，已经排到来年。这才是初夏，他们却一点不急，依旧不慌不忙地，一块砖一块砖地推敲，贴上墙去，天衣无缝。一到下午，他们必早早撂下活计，换掉工作服，骑上电动车，一溜烟走了。他们要去打牌，要去会友，要去泡澡，要去广场上跳舞。总之，是要去享受生活的。

我一面欣赏着他们精湛的手艺，一面为他们惋惜着，要是紧着赶工，一个月怕是要多出好几万的收入吧。他们不为所动，理直气壮地说，那我们也就没有时间玩了。

人这一辈子，最多也就百十年，不要那么急着赶路的。一直极少开口的朱师傅，淡淡笑着，突然冒出这么一句。

　　我陡地愣住，人生的确有太多的欲求可追可赶，永远也追不完赶不完。这两个瓦工师傅却早已明了，人生是用来忙碌的，也是用来享用的。世事淡然，适可而止。

看海

冬天去海边，以为定是萧条的。其实不。那里的景象，才真正叫热闹呢。滩涂上，一望无际的，是那种盐蒿，红灿灿一路盛开过去，每片叶子，都是红的，小红花似的。豆沙红。于是，满滩涂都披上了花朵，娇羞的新嫁娘啊。

他是在海边长大的孩子，对海的一切，熟悉得如同自己的呼吸。他能说出海边每一种植物的名字，对海里面的鱼类虾类贝壳类，更是如数家珍。他掐下一棵盐蒿，问我，你知道猪爱吃这种盐蒿吗？我惊奇，你也养过猪？他说，当然。小时，常跑来海边割盐蒿，回去用水浸泡，把咸味去掉，然后煮熟了，猪特别爱吃。

也说起小时跑来挖文蛤的事，可以帮家里大人挣工分的。工分是特殊年代的一个词，听上去，好遥远。他的回忆，却真切着，一根小扁担，压在细嫩的肩上。那边海水涨潮了，不知。等到海水漫到脚边了，他一下子惊慌得不知所措。这时，是他的二哥，冒着生命危险冲过来，接过他的扁担，拉着他跑，他这才跑到围堤上。回头望去，一片水茫茫。他动情地说，我二哥救了我的命，所以，我二哥现在不管提什么要求，我都会帮他。

他是真的这样做了。二哥来城里有事，他丢下所有，全程陪着。二哥孩子上学，他跑前跑后，帮着办入学手续。二哥喜欢喝点小酒，他有一段时期，身体有病，不能喝酒，但二哥来了，他定要陪着喝几杯的。他对二哥的好，除却骨肉亲情外，还有感恩的成分在里面。一个懂得感恩的人，是善良的。而这个世界，多么需要这样的善良。

　　我握他的手。这个男人，无权无势，也不能挣来大把的银子供我花，可是，他有善良。他还可以，在冬天的时候，陪我来看海。这让我心安。

　　除了红灿灿的盐蒿，滩涂上多的是茅草。这个季节，茅草们都顶着一头一头的花。柔软的花，柔软的白。历尽世事的老妇人似的，满目慈祥，而又充满怜爱地看着这个世界。

　　还有海鸥。盘旋在低空处，翩翩起舞。仰头，真羡慕它们的舞台，这么宽广。它们不寂寞，满滩涂的盐蒿，都是它们的观众。还有茅草，还有芦苇，还有一些依然在不屈不挠开着的小野花。枯草堆里，突然现出一点黄，黄艳艳的黄。是一朵两朵的小野花呢。那欣喜，让人发怔，莫名其妙地鼻子发酸。

　　生命是这样的顽强，这样的生生不息。

　　有一天，有那么一天，我会以什么方式结束一种生命形式，而又以哪一种方式重新存活呢？我常常会设想到死亡这个问题。

　　他说，不吉利。

　　但我还是要想。很多悼念的眼泪，会是灌溉我重新生长的雨水罢。我将以一种植物的形式，重新存活。譬如，就做这滩涂上的一棵盐蒿。譬如，就做那水边一枝沉默的芦苇。或者，就做一棵小草，在砖头缝里也能生长。

我是自然的一分子，我当还以自然的形式，回归自然。

这样想着，死亡不可怕，它成了可亲的一种回归。这样想着，一些逝去的人，其实离我们不远，他们的呼吸，还在我们身边。或许，就是路边那一丛花。或许，就是风中飞起的荻絮。或许，就是那一袭一袭，吹过脸颊的风呢。

这样想着，便有了永恒。

海边无人，除了我们两个。

我就在这里

常常，我们会不期然地相遇到一个人，一片景，一件物件，一首曲子……在相遇的刹那，心中的弦，砰的一声被弹响，哦，原来，你在这里！贴心贴肺，仿佛前世约定。

一截小院子。院墙上，爬满开得好好的三角梅，密集的一朵朵。俏眉俏眼的，在清风中浅笑。突然，从院内走出一个小女孩，八九岁的样子，穿着破旧的衫。她跳着去掐那些花，一朵一朵往头上插，一边唱着歌。那是云南的乡下，山野荒芜，房屋低矮。可小女孩无邪的天真，让那个偏远的乡村显得格外甜美。

那会儿，我突然想做一朵三角梅，插在小女孩的头上。回来后，我总不由自主地会想起那次相遇，心变得柔软。我们每天面对的是纷繁复杂，可单纯并没有走丢，它在那儿，它就在那儿。

上班的路上，有一片废弃地，矮墙圈着，里面杂草丛生。杂草自然没什么看头，所以我路过，从未走近过。

某天，黄昏时打那儿过，老远就瞥见杂草丛中一星红，在黛色的天空下，煞是夺目。我跑过去一看，差点乐坏了，那竟是一株胭脂花。它因误入草家族，被"欺负"得瘦骨伶仃，美丽却不肯丢，期期艾艾开了花。一朵一朵，鼓着腮，噘着嘴，像在吹着小喇叭。我似乎听到它们的笑声，咯咯咯的，滚落在草丛中。我久久站在那里，微笑着，傻看，心里漾着一波一波的感动。那个寻常的黄昏，因了那些胭脂花，美丽得无与伦比。

逛地摊。突然就瞥见它了——一枚铜戒，上面雕一朵古铜色的花，花瓣儿瓣瓣张开，似在翘首等着我。在一堆的玻璃珠子和银手镯中，它乖巧得如同小女儿，眉清目秀。我痴痴看着，心中欢喜得波澜四起。一旁的朋友说，这是假的，不值钱的。我并不介意，赶紧掏钱买下它。戴我手指上，刚刚好，仿佛定做。这种相遇相惜的缘分，千金难买。

去商场。被一首曲子惊住，整个人动弹不了，就那么傻傻地站在门口，仰着头听。天冷，风呼啸着扑过来，也不管的。路过的人都好奇地看着我，也不管的。曲子婉转，似秋风爬上弯曲的山道，一旁有溪水叮咚做伴。我在曲子里沉沦，百转千回，如初恋。

在我们的一生中，到底有多少这样的相逢？人生的每一次遇见，都是生命中巨大的欢喜。喏，就是这样的，我就在这里，靠近，且温暖。

看春

城里的春天，多半是零碎的，小打小闹着的，不过是人家窗台的一盆花，城边河畔的一排柳。乡下的春天却全然不一样，乡下的春天，是极讲排场的，仿佛听到哪里"哗"一下，成桶成桶的颜料，就花花绿绿泼下来，染得满田满坡皆是。这时的乡村，成了油画，是最有看头的。

于是去乡下看春天。

我们去的地方，是一个叫新曹的小镇，它有五万亩的油菜地。车子在修得平坦宽敞的乡间道上，一路奔去，奔向那菜花深深处。以为就到尽头了，哪知车子一拐，竟又撞上一片菜花地，又铺开一片黄色汪洋，绵绵不绝。同行中一人问："美吧？"我但笑无语，不堪说，只任一双眼睛，掉进那汪洋里。古有女子对镜贴花黄，我想这花黄，该是菜花的颜色才对，眉心一点艳，有惊心之感。

跟一些植物相认，不是初相识，是久别重逢。牛耳朵、刺艾、乳丁草、三叶草……这一些，我多么熟悉！乡下是草们的天堂，草们是羊的天堂。小时养羊，天天提了篮子去挑羊草。却贪玩，在草地里捉蚱蜢，或扣了篮子玩老鹰捉小鸡的游戏。等到日落西山了，才想起篮子还是空的呢，野地里，随便找几根草秆，把篮子架空，然后割一把青草，摊上面，看上去，就是满满一篮子翠绿了。回家，在大人面前晃一下，让他们看是满篮子青草呢，趁他们不注意，人已溜到羊圈边，把那把青草扔进去。大人问起："草呢？"响亮地回答："羊吃了。"真是可怜了那些羊，半夜里饿得直叫唤。

不知现在的孩子，玩不玩我们小时玩的游戏了？不知现在的羊，还会不会半夜饿得直叫唤？我看到草地上有一群羊，正悠闲地吃着草。同去的姑娘惊喜地叫："羊哦。"同去的老先生神态安详，说："羊有什么看头？"莞尔。

蚕豆花开了，星星点点，伴在菜花旁，像撒下无数的小眼睛。白萝卜的花，是粉紫的，小蜜蜂们围着它嗡嗡。我好不容易等到一只停在花蕊上，给它拍了一张照。一种叫婆纳头的草，开粉蓝的花，花细小得像米粉。我拉近镜头，拍下那粒粉蓝。再看显示屏上，分明是一朵美得让人心疼的花呵，像乖巧的小女儿。这野地里，到底还藏了多少美？无论卑微与否，它们都认真地绿着，开着花，不辜负春天。我想，这才是活的真姿态吧。

看到一丛荠菜花，细碎的翡翠色，像水仙花的颜色，娟秀，温柔。我悄悄拍下它，让同行的人认，这是什么花。结果大家都没认出来。我有些为荠菜叫屈，它一季的美丽，到底为谁？或许，它谁都不为，它的美丽，只属于它自己。

路边看见养蜂人，正在忙碌。头上裹着头巾，脸上刻着岁月沧桑。这些养蜂人，据说是从闽浙那一带来，他们天南地北地追着花跑，此处花息了，又将迁徙到他方，去寻找花开。一旦成为养蜂人，四处漂泊，将贯穿他们一生。他们幸福吗？我看过商场货架上，摆放的蜂蜜，一瓶一瓶，盛满甜蜜芳香，那里面该有多少花的魂蜂的魄，还有养蜂人的颠沛流离？这世上，很多时候，苦乐自知，好好活着，才是本质。我唯愿这个春天，他们是快乐的。

秋天的黄昏

城里是没有黄昏的。街道的灯，早早亮起来，生生把黄昏给吞了。

乡下的黄昏，却是辽阔的、博大的。它在旷野上坐着；它在人家的房屋顶上坐着；它在鸟的翅膀上坐着；它在人的肩上坐着；它在树上、花上、草上坐着，直到夜来叩门。

而一年四季中，又数秋天的黄昏，最为安详与丰满。

选一处河堤，落座吧。河堤上，是大片欲黄未黄的草。它们是有眼睛的，它们的眼睛，是麦秸色的，散发出可亲的光。它们淹在一片夕照的金粉里，相依相偎，相互安抚。这是草的暮年，慈祥得如老人一样。你把手伸过去，它们摩挲着你的掌心，一下，一下，轻轻的。像多年前，亲爱的老祖母。你疲惫奔波的心，突然止息。

从河堤往下看，能看到大片的田野。这个时候，庄稼收割掉了，繁华落尽，田野陷入令人不可思议的沉寂中。你很想知道田野在想什么，得到与失去，热闹与寥落，这巨大的落差，该如何均衡？田野不说话，它安静在它的安静里。岁月枯荣，此消彼长，焉有得？焉有失？不远处，种子们正整装待发，新的一轮蓬勃，将在土地上重新衍生。

还有晚开的棉花呢。星星点点的白，点缀在褐色的棉枝上，这是秋天最后的花朵。捡拾棉花的手，不用那么急了。女人抬头看看天，低头看看花，这会儿，她终于可以做到从容不迫，蚕事已告一段落，稻谷都进了仓，农活不那么紧了。她细细捡拾棉花，一朵一朵的白，落入她手里。黄昏下，她的剪影，很像一幅画。

你的眼睛，久久落在那些白上面，你想起童年，想起棉袄、棉鞋和棉被。大朵大朵的白，摊在屋门前的篾席上晒。你在里面打滚，你是驾着白云朵的鸟。玩着玩着，会睡着了，睡出一身汗来，——棉花太暖和了啊。

最开心的事是，冬夜的灯下，母亲把积下的棉花，搬出来，在灯下捻去里面的籽。你也跟着后面捻，知道有新棉鞋新棉袄可穿的，心先温暖起来。那时，你的世界就那么大。那时，一个世界的幸福，都可以被棉花填得满满的。

人生因简单因单纯，更容易得到快乐。你有些惆怅，因为，现在的你，离简单离单纯，越来越远了。

竟然还见到老黄牛。不多见了啊。人和牛，都老了。他们在河堤上，慢慢走。身上披着黄昏的影子。人的嘴里哼着"吆喝""吆喝"，——歌声单调，却闪闪发光。牛低着头，不知是在倾听，还是在沉思。你想，到底牛是人的伙伴，还是人是牛的伙伴？——相依为命，应该是尘世间最不可或缺的一种情感吧。

鸟叫声在村庄那边，密密稠稠，是归巢前互道晚安呢。村庄在田野尽头，一排排，被黄昏镀上一层绚丽的橙色，像披了锦。

炊烟升起来了，你家的，我家的，在空中热烈相拥，久久缠绵。这是村庄的好，总是你中有我，我中有你。不设防。

突然听得有母亲的声音在叫："小雨，快回家吃晚饭噢——"你忍不住笑，原来不管哪个年代，都有贪玩的孩子的。

周遭的色彩，渐渐变浓变深。身下的土地，渐渐凉了，你也该走了。再贪恋地望一眼这秋天的夕阳，它一圈一圈小下去，小下去，像一只红透的西红柿，可以摘下来，炒了吃。

阳光的味道

　　这是初冬。天气尚未冷得彻底，风吹过来，甚至还是和煦的。从七楼望下去，还见一些绿色，夹杂在明黄、深黄、金黄、紫红、橙红、褐粉里，那是银杏、梧桐、桂树、枫树，还有一些白杨和杉树。秋冬转换之际，原是用色彩迎来送往的，斑斓得落不下一丝惆怅。霜叶红于二月花呢，哪一季都有自己的好。这就像我们的人生，童年有童年的天真，少年有少年的飞扬，青年有青年的朝气蓬勃，中年有中年的稳健成熟，老年有老年的宽容慈祥，每一个年龄段，都有自己的风和日丽。

　　阳光在高处，像一群小鸟，飞过来，扑下来，落在七楼的阳台上，觅食一般的。有什么可觅呢？我和写作班的孩子们，在阳台上嬉戏。八九岁的小人儿，青嫩的肌肤，散发出茉莉花般的清甜味。我看到阳光爬上孩子们的脸蛋，爬上孩子们的眉睫，爬到孩子们乌黑的发上。孩子们和向日葵一样，朵朵饱满。阳光要觅的，可是这人世间最初的味道？清新的，纯粹的，未染杂尘。

　　仿佛就听到阳光的声音。是一群闹嚷嚷的小雀，挤着拥着，要往屋子里钻。也真的钻进来了，从敞开的大门外，从半开的窗户间。装空调的墙壁上，有绿豆粒大的缝隙，阳光居然也从那里挤了进来。屋子靠窗的桌子上，茶几上摊开的一本书上，一角的地板上，就有了它跳动的影子。阳光的影子有些像小鱼，尾巴灵活。或者说，阳光就是天空中游动的鱼。

这么一想，再抬头看天空，就觉得有无数的小鱼在游。这些小鱼游下来，把这尘世每一丝被遗漏的缝隙填满，再多的冷和寂寞，也被焐暖了。我想起那年在一旅游地，邂逅一景点，叫一米阳光。游人众，都是冲着那一米阳光去的。幽深的山洞里，光明是隔绝在外的，只能摸索着前行。这个踩了那个的脚后跟，那个撞了这个的肩，时不时还有峭壁碰了头，大家发出惊叫声。突然，眼前一亮，一缕光亮，从头顶悬下，如桑蚕丝般的，抖动着，那是阳光。仰头看，洞顶，在石头与石头之间，天然留有米粒大的缝隙，阳光从那里溜下来。一行人噤了声，只呆呆望着那一米阳光，它是黑里的亮，是寒里的暖，只要你肯给它留一丝缝隙，它就灿烂给你看。

孩子在阳光下欢闹，孩子们说，老师，我们在泡阳光澡呢。我一怔，多么形象！阳光被他们扑腾得四处飞溢，像搅碎了一浴盆的水。这"水"，顺着阳台，一路淌下去，淌下去，淌到楼下人家的花被子上，淌到楼下行人的身上。其实，这"水"，早就在空中流淌着，高处有，低处有，满世界都是阳光的海。

孩子们伸出小手，左抓一把，右抓一把，仿佛就把阳光抓住了。他们使劲嗅，突然对我说，老师，阳光是有味道的。我微笑着问，什么味道呢？孩子们争相回答，一个说，巧克力的味道。一个说，橘子的味道。一个说，菊花茶的味道。一个说，爆米花的味道。

一个说，牛奶的味道……

是的是的，小可爱们，阳光是有味道的，那是童心的味道，是这个世界最本真的味道。

草木有本心

喜欢一切的花草树木。

我以为，所有的草木，都长着一颗玲珑心，天真无邪，纯洁善良。

没有草木是丑陋的。如同青春美少女，不用梳妆打扮，一颦一笑，散发的都是年轻的气息，清新迷人，无可匹敌。

草木从不化妆。所以花红草绿，都是本色。我们常说亲近自然，其实就是亲近草木。我们噼里啪啦跑过去，看见一棵几百年的老树要惊叫，看见满田的油菜花要惊叫，看见芳草茵茵要惊叫。草木却不惊不乍，活着它们本来的样子。

草木也从不背叛远离。你走，草木不走。你遗忘的，草木都给你记着呢。废弃的断壁残垣上，草在长。游子归家，昔日的村庄已成陌生，他找不到曾经的家了。一转身，却望见从前的那棵老槐树，还长在河畔。还是满树的青绿，树丫上，依旧蹲着一只大大的喜鹊窝。天蓝云白，都是昔日啊。他的泪，在那一刻落下。走远的记忆，都走了回来，他童年的笑声，仿佛还在树下回荡，叮叮当当，叮叮当当。感谢草木！让人的灵魂找到归宿。

每一棵草都会说话。它说给大地听。说给昆虫听。说给露珠听。说给小鸟听。说给阳光听。喁喁，喁喁。季节的轮转，原是听了草的话。草绿，春来。草枯，冬至。

每一朵花都在微笑。一瓣一瓣，都是它笑的纹，眉睫飞扬。对着一朵花看久了，你会不自觉微笑起来，心中再多的阴霾，也消失殆尽。这世上，还有什么坎不能迈过去呢？笑也是一天，哭也是一天。不如向一朵花学习，日子笑着过。

新扩建的路旁，秋天移来一排的樟树。可能是为了好运输，所有的树，一律给削去了头。看过去，都光秃秃的一截站着，像断臂的人，叫人心疼。春天，那些树干顶上，却冒出一枚一枚的绿来，团团的，像歇着一群翠绿的小鸟，叽叽喳喳，无限生机。

草木的顽强，人学不来。所以，我敬畏一切草木。

出门旅游，异乡的天空下，意外重逢到一片蓝色的小花。那是一种叫婆婆纳的草，在我的故乡最常见。相隔千万里，它居然也来了。天地有多大，草木就走多远。海的胸怀天空的胸怀，都不及草木的胸怀，它把所有有泥土的地方，都当作故乡。

"草木有本心，何求美人折。"是啊，草木不伪不装，自然天成，大美不言。

棉被里的日子

太阳照着，很好的晴天。这是深秋的天，有太阳的时候，天高云淡的，适合踩着落叶走，亦适合晒被子。

说起晒被子，小时的阳光，便穿云破雾而来。那个时候，人单纯得像玻璃娃娃，阳光照在身上，会发出晶莹的光。母亲把棉被，一条一条展在太阳下晒。母亲算不上是一个美丽的女人，她瘦，且黑，也没有飘逸的长头发。可晒被子的母亲，浑身像罩着七彩呢，一举手，一投足，都显得动人。

棉被的被面上，印着硕大的花，花瓣儿开得恨不得掉下来。我认不得那些花，可看着喜欢。也有喜鹊站在花枝上，尾巴拖得长长的。被面的底色，大红或大绿，耀眼得很。阳光掉在上面，嘭地开了花。我把小脸埋在被子里，不肯抬起来。被子软软的，阳光软软的，像母亲的手掌心。母亲叫："丫头，汗会蹭上去的呀。"不听。母亲也不当真，任由我去。有时头埋在被子上，埋着埋着，就睡着了。四野静静的。

那时乡村人家嫁女儿，嫁妆里最出彩的，要数棉被了。红红绿绿簇拥着，六条或八条，极霸气地耀人的眼。乡人们围着看，

122

对着被子评头论足，说厚了薄了，或是多了少了。整个喜气洋洋全在棉被里藏。

我结婚时，已流行丝棉被。薄薄的，轻软。母亲却说："哪里有棉花的暖和?"执意给我缝新棉被。八床新被，四条大红，四条水绿，是我见惯的那种被面，上面开着大团的花，牡丹或芍药。也有喜鹊朝阳，拖着漂亮的长尾巴。被子艳艳地放在装嫁妆的卡车上，一路吸了很多眼光，听得路人说："瞧，那些被子。"心里得意，我是被宠爱的女儿呢。这些被子，我一直盖到现在。

天好的时候，我会把它们捧到阳光下，像我母亲那样，把它们一一展开来，晒。被面上大团的花，就在阳光下盛开了，开得欢天喜地。有次朋友来我家，看到我晒的被子，惊讶得两眼瞪得溜圆，叫道，好乡气! 我笑着不理她，乡气里缠着我小时的好，她哪里懂得。

天阴过几天，突然放晴。母亲来电话，说："天好起来了，多晒晒被子啊。"母亲总是操着这份心，怕我不会过日子。她哪里知道，一个女人一旦走进婚姻，会无师自通学会做很多事，譬如，天好的时候，洗被子晒被子缝被子。

现在，我的大花被就在阳台上晾着。卖大米的从楼下一路叫过去。邻里的声音高高低低传过来。这是俗世，阳光照着，日子在棉被里安好。

小景有情

听雨

在夏天，最容易与雨劈面相遇。

是突如其来的一场雨。你还在路上走着走着，还是晴空烈日的，雨说来就来了，呼啸着，澎湃着。路边随便一个小亭子，或是人家的屋檐，都成了最佳避雨处。

雨就那么下啊下。瓢泼。盆浇。还是不够，简直就是成桶地往下倒。

你被雨阻隔在雨之外。一时半会走不了，闲着也是闲着，那就听听雨吧。

雨是乐界的多面手，能熟练操作多种乐器。雨打在亭子顶上，啪啪啪，啪啪啪，节奏明快，是在敲大鼓。雨打在路边的绿化带上，沙沙沙，沙沙沙，既有竖笛又有钢琴的，细听听，好像还有二胡和小号，是在合奏一曲交响乐。如果刚好近旁有河，雨打在水面上，就更有意思了，那是弹着古筝，筝声幽幽，河水激动得一个劲打着旋儿。

就想起童年的某个夏天。不记得那时多大，五岁，或六岁，总之，很小。极怕邻家一姓彭的老头。老头威严得很，脸上从来没有笑容，走起路来腰杆笔直。据说从前是大户人家，家道中落，但骨架子不倒，村里人也都敬畏他。大人们关照小孩时，都有这么一句，别去招惹彭爹生气。

他有了孙女，和我一般大，我们常一起玩。丢泥巴，弹玻璃球，玩得正兴起，老头走过，一声咳嗽，他孙女准会比兔子跑得还快地跑回家。

那天，玩着玩着，下雨了。也是突如其来的一场雨，汹涌而至，似旌旗万千打马飞过。我不知怎的，昏头昏脑地跑到他家躲雨，看见老头在，吓得大气也不敢出。老头站在大门口，眼望着大门外的雨。我在他身后，也望大门外的雨。雨打在院门前的几棵葵花上。打在院子里倒放着的一口大缸上。打在草屋顶上，又顺着屋檐往下淌。一时间，满世界只有雨的声音，哗啦啦，哗啦啦。

这样望着望着，听着听着，时间缓慢得像蜗牛在爬。老头忽然轻声一句，这雨啊。我好奇地仰头看他，他脸上的表情柔和生动，似乎还挂着淡的笑意。我小小的心，软软地动了动，第一次觉得，他并不那么可怕。

多年以后，每逢下雨，我会忆起老头脸上的表情。我信，再坚硬的背后，也自有它的柔软。像雨的手，抚过花的心。

月出

出门散步，刚好逢着月出。

起初也未曾留意，城里灯光璀璨，夜晚总弄得不太像夜晚了。

我走着走着，也就走到了近郊。那里远离灯光，一条小河东西横亘，傍河栽有众多花草树木，密集如林。眼下，紫薇和木槿开得最盛。我沿着小河，慢慢往东走，夜风清凉，花香弥漫。突然，一个大大的月亮，喝醉了酒般的，从我前方不远处的一排树后，跌跌撞撞踉出来。色彩浓郁，如朵满满开着的向日葵。

我被震住。它是如此的明艳，如此的大，又如此的近。仿佛我只要再往前走几步，稍稍跳一跳，伸手就能捉到它。一时间，我只觉得花草涌动，树木飘摇，风起云涌。而又是静的，是潮落之后的那种静，天地一色，无声无息，细沙一般的光阴。

这朵"向日葵"，也只在树梢间停了停，似在熟悉地形。而后，它攀着夜色，一路向上攀去，斑斓。像盛装出门的女子，从内到外，件件衣裳，都是精挑细选的。绫罗绸缎，风华熠熠。许是走累了，出汗了，它一路攀缘，一路丢着衣裳。红色的丢下。粉色的丢下。黄色的丢下……终于，它走到半空中，脱下外面千层万层的衣，露出光洁的身子。夜色如水，它是浮在水上的一朵白莲花。

世界变得透亮起来，花草树木看上去，都像披了一件银色的衣，风姿绰约，有情有义。

一对母女牵手走过，小女孩看上去不过五六岁，她边走边跳，淘气天真。突然，她惊叫起来，小手指向天空，妈妈妈妈，你快看哪，月亮呀！

她愣在那里，愣在一棵花树旁，愣在一圈月色里。

我看着她，笑了，有说不出的感动。为她一颗小小的心里，住着的美。成长的路上，她会记得这晚的月亮吧。而我，将会永远记得她。她仰向天空的小脸，多像一个小月亮。

腊月

崩爆米花的来了。卖灶糖的来了。弹棉花的来了。这都是腊月里的事。

沉静的村庄，日益喧闹起来，这家在涮蒸笼，那家在杀鸡。人们的心思单纯到只为吃：蒸馒头，蒸年糕，打粉，做豆腐，灌香肠……原本简单的食材，偏要挖空心思，做出五花八门来。腊月就这样，被熏染得色彩浓郁，香味扑鼻。

一年的好，仿佛都聚到这个月来了。天空干净。大地干净。往日里寻常的一切，变得可亲。家里的小狗是可亲的。羊圈里的小羊是可亲的。低矮的房屋是可亲的。甚至挂在檐下的冰凌也是好的。门前落光叶的桃树也是好的。喜鹊站在高高的槐树上，喳喳叫着，叫得人心里欢喜，翻腾得跟浪花般的，一咕嘟一咕嘟地往外冒。人们遇见，格外和气。连平日里恶言恶语过的乡亲，碰面了，也多半讪讪笑着，话搭话地聊上几句，说说家里的收成如何，年货置办得怎么样了。哪里还有什么嫌隙？都是亲如一家子的。

张家要娶新娘子了，这是村庄腊月里最盛的事。腊月农闲，土地搁那儿，让它自个儿做梦去吧，村庄要趁着这个时候办喜事。春联提前贴起来，红灯笼提早挂起来，一村的人几乎都跑去张家帮忙。哪有那么多忙好帮啊，没事做那就站着闲看吧，笑语喧喧，一个村庄都喜洋洋的。孩子们小狗般的，在人缝中钻来钻去，蹿上蹿下，等着看新娘子，等着讨喜糖。天寒地冻的天，亦不觉得冷。

那些天，孩子们可以放开手脚野一野了。老辈说，腊月皇天的，不作兴打孩子的。孩子们听了，就如同得了天书，被束缚的天性一放再放，不知怎么野才好，就差插上一对翅膀飞上天去。玩冰去吧。捣鸟窝去吧。放野火去吧。偷了家里的腊肉，去地里烤着吃。玩湿了棉鞋，刮破了棉裤，这些错，大人们竟都能容忍，从未有过的和颜悦色。

从前看《红楼梦》，看到贾府里忙腊月，忙得人仰马翻，吃的穿的用的，一样一样，都要全新的。祭祀的供品和供器，更是马虎不得，列了长长的单子，由贾珍去采购。终于要过年了，贾府举行盛大祭祀，宗祠里香烛辉煌，锦幛绣幕，上下人等"将五间大厅，三间抱厦，内外廊檐，阶上阶下两丹墀内，花团锦簇，塞的无一些空地"，端的是排场盛大，浩浩荡荡。我以为，我村庄的腊月，与之相比，毫不逊色。无论繁华世家，还是小门小户，这腊月，都一样的隆重庄严，都有一个簇新的年，在腊月那头，等着。

暗香

书房内放有两朵栀子花，是前晚在外吃饭时一朋友送的。朋友先送我一朵，吃完饭，又从上衣口袋里小心地掏出一朵来，笨拙地，像护着一只小小的蝶。我极感动，一个大男人，把花藏在口袋里，这样的细节，特动人，顶得上千言万语。又，能让一个男人，以如此喜爱的方式藏在口袋里的，大概只有栀子花了。

我对栀子花怀有特殊的感情，这样的感情缘于我的乡下生活。我童年最香的记忆，是有关栀子花的。那时，乡下人家的院子里，都栽有一小棵栀子树的，也无须特别管理，只要一抔泥土，就长得枝叶葱茏了。

一进六月，满树馥郁，像打翻了香料瓶子似的，整个村庄都染了香了。一朵一朵的栀子花，歇在树上，藏在叶间，像刚出窝的洁白的小鸽子，暗香浮动。女孩子们可喜欢了，衣上别着，发上戴着，跑哪里，都一身的花香。虽还是粗衣破衫地穿着，但因了那一袭花香，再平常的样子，也变得柔媚千转。

我家院子里也长有一棵，每到栀子花开的时节，我和姐姐除了在衣上别着，发上戴着，还把它藏袖子里，挂蚊帐里，放书包里，甚至，把家里小猫尾巴上也给系上一朵。那些栀子花开的日子，快乐也如一树的香花开。

早些天，在菜市场门口，我就望见了栀子花。一朵一朵，栖落在篾篮里，如白蝶。旁边一老妇人守着，她在剥黄豆荚。老妇人并不叫卖，栀子花独特的香气，自会把人的眼光招了去。就有脚步循了花香犹疑，复而是低低的一声惊呼，呀，栀子花呀。声音里透出的，全是惊喜。买菜找零的钱，正愁没处放，放到老妇人手上，拣上几朵栀子花，香香地招摇。

当时，我也在篾篮前止了步的，老妇人抬头看我一眼，慈祥地笑笑，复又低头剥她的黄豆荚了。不知为什么我没买花，我走了很远，还回过头去看，空气中，有隐约的花香袭来。

现在，朋友送的两朵栀子花在书房，伴我已有两天了，原先凝脂样的白，已渐渐染了淡黄，继而深黄，继而枯黄。但花香却一点没变，还是馥郁绕鼻，一推开书房门就闻到。

这世上，大概没有一种花，能像栀子花一样，香得如此彻底了，纵使尸骨不存，那魂也还是香的，长留在你的记忆里。

打电话回家，问母亲院子里的栀子树是否还在。母亲笑说，开一树的花了，全被些小丫头摘光了。眼前便晃过乡村的田野，晃过田野旁的小径，一群小丫头奔跑着，头上戴着洁白的栀子花，衣上别着洁白的栀子花，还在衣兜里装了罢？还在衣袖里藏了罢？

上网去，碰巧读到一解读花语的帖子，其中栀子花的花语挺有意思，那花语是：喜欢此花的你有感恩图报之心，以真诚待人，只要别人对你有少许和善，你便报以心的感激。

看雪

今年的冬天，雪来得勤。三五朋友，得闲了便相邀："赏雪去?"我说："不，是看雪去。"我以为，"赏"太隆重了，是大观园内，宝玉和一群贵族小姐们，披了大红猩猩毡与羽毛缎斗篷，聚在雪地里作诗，旁边的美女耸肩瓶里，一枝红梅开得艳艳。这场景，绮丽得有些过分了，最终落得曲终人散两不见。寻常人，还是看雪的好，抬眼是看，低头亦是看，路边可看，桥头亦可看，随意又自在。

曾听过一首与雪有关的曲子，叫《踏雪寻梅》的。邓丽君唱过，但我还是喜欢听一群孩子合唱的。童稚的声音，晶莹得雪花儿似的，充满情趣。"雪霁天晴朗／蜡梅处处香／骑驴把桥过／铃儿响叮当／好花采得瓶供养／伴我书声琴韵／共度好时光"，真是一幅绝妙的雪景图，却又是鲜活的。一场大雪后，天放晴了，积雪在阳光下，闪着钻石一样的光芒。一人骑驴看雪，何等悠闲。他遇桥而过，桥那边的雪地里，有梅可折。一路的铃铛声，惊醒了睡着的雪。

刘长卿有首写雪的诗，也入得画的，可用眼久久地看，看出尘世的万般好来。"日暮苍山远，天寒白屋贫。柴门闻犬吠，风雪夜归人"，是空旷的洁净。一场大雪，搓棉扯絮般地飘着，已飘了一整天了，白了苍山白了小屋。小屋的男主人狩猎去了，他顶着风雪晚归。肩上扛着的长矛上，应该挑着一两只野兔，算是丰收了。他咯吱咯吱踩着积雪，放眼处，都是雪啊，一片白茫茫。却在白茫茫里，远远望见一豆灯光，如暗夜里的一颗星。那是守候着他的女人，没睡呢。他知道，她会给他端上一碗热热的汤。他的心里，是怎样一暖，脚步不由得加快。

近了，近了，褐色的柴门，在白雪地里，变得显眼极了。还有那卧着的大黄狗，听到主人的脚步声，老远就欢叫着迎上去。柴门吱呀一声开了，屋内的人儿，已站到门口，笑吟吟道："回来了?"然后接过他的长矛和猎物去，一边帮他拍打着身上的积雪。一个世界的冰寒，被搅动出一团的温馨来。

俗世里，我们本来所求不多，只要这样的一场雪，只要这样一场平凡的相守和温暖。

我想起乡下的母亲，雪落得紧的那会儿，她一定也站在家门口看雪的。家门口长一棵枣树，还是我们小时在家栽的，很有些年纪了。每年秋季都挂枣，枣儿成熟了，母亲会拣大的，留着，等我们回家吃。这时节，枣树的叶应该全落光了，繁密的枝条上，却有千朵万朵雪花开。母亲看的不是这个，母亲看的是不远处的田野，那里，洁白的雪，白糖似的，覆着一些植物，麦子啥的，来年可就大丰收了。瑞雪兆丰年啊。

访径山寺

　　一千三百多年前，年近不惑的法钦禅师，云游至余杭径山。径山的钟灵清幽，系住了这位远道而至的僧人的脚步，从此，他在山上结庐定居，种茶礼佛。他断不会想到，日后，他所结之庐，会建成规模宏大的径山寺，位居江南五山十刹之首。南宋孝宗皇帝曾亲笔御题寺额：径山兴圣万寿禅寺。

　　寺兴，自然引来善男信女无数。跋山涉水来此参禅的僧人，亦是络绎不绝。鼎盛之际，寺内有僧众三千余人。文人墨客，也多有造访。其中最著名的，当数苏轼，他一访再访，留下洗砚池一方，诗作数篇，如"雪眉老人朝叩门，愿为弟子长参禅"。而法钦禅师所种之茶，因其味鲜芳，特异他产，成了远近闻名的径山茶，庇护了一代又一代径山人。他们在山上栽种茶树，以茶养家，活得如茶一样的滋润与芬芳。

　　秋日的一天，我慕名去访径山寺。访问当地人，都知道呢，他们黑红的脸上，漾起笑来，哦，是去山上看庙啊。他们用了一个"看"字，亲切、随意，没有距离感，像去看一个关系亲密的人。

　　曲曲折折的径山古道，宛如一条巨蟒，盘旋而上。道旁遍布植物，野草野花自不必说，时有一棵两棵的枫树，顶着一树火红的叶，站在草的青绿、橙黄与野花的粉白之中，令人惊艳。这自然的色彩的分布，原也是有张有弛的。

竹多，漫山遍野，都是挺拔葳郁的。路一程，竹一程。拐过一个弯，以为到尽头了，哪知一块山石横截，路又拐了弯去，盘旋而上。竹也跟着拐了弯去，高低错落。午后的阳光，透过浓密的竹叶，碎碎的，落在古道之上，像一群可爱的小银鱼，在铺着的大小不一的石块上，活活泼泼地游着。蝴蝶是山上最快乐的生灵了，它们在竹林间，在花草间，自在地穿来穿去，捉迷藏一般的。

静。风不吹，竹不动。听得见花开的声音，蝴蝶飞舞的声音，阳光掉落的声音。走累了，随地而坐吧，摊开一张纸，蘸着阳光，画画眼前的景。一只蝴蝶，把我的纸误当作花朵了，它飞过来，停息在上面。那一刻，我不敢发出一点声息，我盯着这只蝴蝶看，我确信，它也在盯着我看。在蝴蝶的眼里，我是一棵竹，一株草，还是一朵花呢？

有人声从竹林深处传过来，如鸟鸣。是些挖笋的山民。路上我遇到几个，提了布袋和小锄头，他们的头上肩上，有阳光的影子在跳跃。他们弯腰在路边，在落叶与草丛中随便一拨弄，一颗肥硕的笋，就到了他们手上。我立在一边看，惊奇地问，怎么知道下面有笋的？他们答，一看就知道啊。我笑了，他们这话说的，禅意得很。

站在高处的亭台上，俯瞰下去，满眼的重峦叠嶂。一畦一畦的茶树，像一条一条的绿带子，镶在半山腰。阳光蒸腾，竹海成浪，一波一波。我由衷地羡慕法钦禅师，这等的好去处，他一住就是几十年。他应算是把佛文化与茶文化融在一体的人了，佛心即茶心，清茶一杯在手，内心澄清，世事通透。

过十八罗汉台、东坡洗砚池、御碑亭，千年古刹就展现在眼前。黄的围墙，红的屋顶与翘起的飞檐，在参天古木的掩映之下，隐隐约约，尤显安谧与宁静。高大的寺门，上书"径山万寿禅寺"。禅院深深，里面有保存完好的古建筑钟楼，有气宇不凡的新建筑鼓楼。晨钟暮鼓，世间时光，便在此一轮一轮地，悠悠度过。

游人三三两两，都是轻轻的，生怕惊动了佛门清静。有梵音从大雄宝殿后面传过来，袅袅不绝。我以为，世上好听之音莫过于梵音，它如水似风，能让人在瞬间安静。尘世纷扰，没有什么是不能放下的，以一颗洁净的灵魂，面对吧。

我在悠扬的梵音里驻足，发痴。我想的是，这古道之上，这古刹门前，谁的脚印叠着谁的脚印？每一脚下去，都有相逢相亲的欢喜。我对着每一个与我擦肩而过的陌生人微笑，能在这古刹门前相遇，我们都是有缘人。

她已走过花木葱茏

母亲突然地变得胆小了。

比方说，天一黑，她就不敢到屋外去。哪怕是在自家家门口，也只是从这间屋子，走到另一间屋子去。而从前，她常常是独自一人，顶着星星，在地里拾棉花，有时能拾上大半夜，浑身落满露珠的清凉。

再比方说，睡觉时她不敢面朝着窗户。窗帘挡得再严实，她也不敢。而从前，破房子里，处处漏风，她挡在外面，像棵大树似的，替我们抵御风寒。

再再比方说，在她住了一辈子的村庄里，她也会迷路，再不敢擅自外出。而从前，弟弟远在南京上学，从未出过远门的她，挎着一大包她做的糯米饼，一个人摸过去，几经辗转，准确无误地抵达弟弟学校门口。

母亲好像在一夕间老下去，她怯弱得近乎懦弱了。她走路小心翼翼。说话小心翼翼。连微笑，也是小心翼翼的。哪里的一声声响，都会惊吓到她。谁的声音稍稍抬高一些，她也会害怕。而从前，她脚下生风，嗓门比谁的都高。和隔壁邻居吵架，她能吵

136

上大半天，硬是把那个五大三粗的邻居，骂得缩回屋子去。

她患了小感冒，头晕目眩，吃不下饭，便以为活不成了，让父亲十万火急招我们兄妹回家。她一脸戚容，躺在病床上，对着我们哭，哭得凄惶极了，雨打风吹般的，仿佛生离死别。而从前，她发着高烧，也还能挑着百十斤的担子，在田埂道上健步如飞。割水稻时，没留心，一刀下去，剜下她腿上一大块的肉，血流如注。她也只是皱皱眉头，一滴泪也没有掉。

带她进城对身体做全面检查。她亦步亦趋跟着我，碎碎念，乖乖呀，给你添麻烦了，给你添麻烦了。检查的片子很快出来了，母亲很紧张，她蜷缩在我身后，眼巴巴瞅着医生。医生拿着她新拍的片子，上看看，下看看，然后慢条斯理说，老人家，你只是感冒了，有点小炎症。你身体好着呢，没啥别的毛病。

母亲不相信地看着医生。医生说，我给你开点消炎药，你吃吃就好了。母亲很乖地点头，使劲点头，她脸上的笑容，像迎春花触着春风，一点一点张开来。她高兴地对我说，医生说我没病呢。

留母亲在我家小住。母亲起初不肯，她放心不下家里的四只羊、两只鸡、一条狗，还有我父亲。你爸一个人在家呢，母亲说。像把一个小小孩丢在家里，她愧疚得很。我们有事要出门去，母亲赶紧跟过来，抢着开门。我说，你这是干吗呢？母亲语气坚定地说，我要跟你们出去。我觉得好笑，我说，我们一会儿就回来的。母亲却很固执，一定要跟着。拗不过她，只好带上她。在路上，母亲终于说出她的心声，一个人在你们家，我怕。我万分惊讶，我说大白天的，你怕什么呢？何况这是我家啊。母亲不好意思地笑了，小声嘟哝，我也不知道，我就是怕。

母亲的爱好不多，她不爱看电视，不爱听音乐，又不识字，书报也看不懂。她只能干坐在我的阳台上晒太阳，一边望楼下经过的车，一辆一辆地数。我怕她闷得慌，抽空陪她聊天，聊聊村子里新近发生的事，聊聊从前。母亲显得很欢喜，话也多起来，是鱼儿终归大海的样子。说到兴头上，却突然止了，很担心地问我，我没耽误你的时间吧？

夜晚，城里的灯火才刚刚盛开，母亲就说要睡了。我安排她睡下，给她塞好被子。她不放心地探出头来问，你不会再出去吧？我答，不出去的，我就守在这里。母亲满意地躺下，笑笑的，笑着笑着，就睡熟了。灯光洒在母亲脸上，像洒下一层橘子粉，母亲那张皱纹密布的脸，看上去又天真又纯净。

我轻轻关了灯，想着，等天亮了，就带她去吃她喜欢吃的自助餐，想吃多少就吃多少。在岁月的年轮中，母亲早已走过她的花木葱茏，回到生命的最初。从现在起，我要把她当孩子来宠。

一折青山一扇屏

　　遇见那个守林人，是在一个秋日午后。我没想到，旷野之中竟有人家。那时候，他正弯腰在两间简陋的棚屋前，埋头刨一截木头。他身后的棚屋顶上，爬满开得好好的扁豆花，一簇一簇的小紫花，像一个一个的小美人，在秋阳下欢颜。棚屋前的晾衣绳上，晾晒着红红蓝蓝的衣裳。一条黑狗，伏在屋旁，眯着眼在打盹。听见人来，它抬起头，惊诧地打量一番，没叫，复又眯起眼打盹。

　　我是去寻竹的。竹这种植物，我从小亲近。小时，茅草屋的后面，就是一片竹林。每天放学归家，隔老远就望见一堆墨绿，心里会跳出欢腾来，哦，到家了。有家可回，是大幸福。几十年过去了，这种幸福感还在。

　　城里无竹，听人说海边的林场有，于是，我和那人驱车百余里，去林场。海边，天高地阔，各种植物相安无事地生长，白杨树、杉树、银杏、刺槐……成片、成林、成海。有牛在林中的草地上，或卧着，或站着，一脸的幸福安详。星星点点的小野花们，遍布草间。居然发现一大块野葵地，无人欣赏，野葵们就那样开得兴兴的，朵朵金黄。古人云，天地有大美，大美无言。诚然如斯！

守林人见到我们，并不惊讶，他继续埋头刨他的木头，木头花落了一地。风吹过，不远处的竹林，发出沙沙沙的鸣唱。

我们守在一边看半天，到底敌不住好奇问，你刨这个做什么用呢？

他答，想做个灯笼。

灯笼？我望着他手中那一截木头，怎么也不能与灯笼联系起来。

留着挂了玩的，装饰装饰，守林人见我们一脸狐疑，他伸直身子，笑了。伸手一指他的棚屋窗口，喏，就挂在那儿。

我家女人说，一定好看，他补充道。

他穷，父母双亡，一直在海边护林，远离闹市，没有姑娘愿意嫁他。这样一晃就晃到三四十岁。两年前，有人牵线，他认识了现在的女人。女人从贵州来，带了一个五六岁的小女孩。在婚姻中受了伤，不愿再回伤心地了，想在这里寻到一个好人家，安安稳稳过日子。

见面之前，他的情况，女人都听人说了，女人不介意。女人只问他一句，你会对我和孩子好吗？

他木讷，不会说话，结巴半天才憋出一句，我有一碗粥吃，我肯定分你们大半碗。这是贫穷人的爱，更多的是落在实处，供你温饱，让你安命。女人愣愣看他半天，哭了。

他们开始在两间棚屋里，生长平凡人的幸福。孩子很快跟他熟络，一口一个爸爸地唤他，亲热得不得了。女人的脸上，渐渐漾满笑容，屋前屋后地拾掇，种花种菜。这屋顶上的扁豆，就是她种的，守林人嘿嘿笑了。复低头，在刨好的木头上雕刻。这个秋天，孩子被送到几十里外的集镇上去读小学，女人跟着去照应。每个周末，他早早在家备好菜，开了摩托车去接她们，一家人回到这海边来。

四野安静，守林人雕刻木头的声音，如鸟在啄食，细细碎碎。阳光照着这一寸温暖的土地，扁豆花们兀自开得妖娆，这多像森林里的童话。我突然无端想起清朝刘嗣绾的诗句：一折青山一扇屏。在诗人，是有感而发，眼前青山翠微，秀美如屏，让他迷醉。我想的是，青山也好，这尘世里的一草一木、一人一花也好，有多少都守在自己的一隅，你看见，或者没有看见，它们就在那里，寂然欢喜，温暖美好。

岁月这个神偷

在商场看中一款牛仔裙，水洗蓝的，裙摆如蓝色的波浪荡开，上面镶了可爱的蕾丝。我看一遍，再看一遍，心中念念着，想买来穿。但到底放弃了，我已不再是穿牛仔裙的年纪。

亦很少再穿高跟鞋了。每次买鞋，都不假思索地，挑平底的买。曾经却不是这样的，曾经的我，高跟鞋一双比一双高，在人跟前亭亭。那时候，青春飞扬，意气风发，喜热闹，爱出风头。去观看学校文艺演出，台上的人在唱，收获掌声无数，我恨不得替了那人。有人怂恿，你也去呀。我真的立起身，高跟鞋一路笃笃笃地，跑上台去。现在，我退守到热闹的背后，喜欢上平底鞋的稳妥与内敛，走到哪里，它都是安静的。锋芒收起来，浮躁收起来，只与大地亲。

我想起一桩小时的事来，是关于一双红皮鞋的。邻家有女孩兰，和我年纪相仿，常和我结伴着玩。她的家境比我的好很多，她的父亲是老师，家里有白米面吃，而我家只吃煮红薯和黑乎乎的荞麦粥。她还有个伯伯在上海，每年回来，都给她家带很多城里的新鲜来，水果糕点是不用说的，还带一些色彩炫目的衣裳鞋袜。有一次，带给兰的，竟是一双红皮鞋。艳艳的红，像两朵大丽花。乡下孩子哪见过这个？那双红皮鞋，在我眼里，简直就是小仙女脚上穿的啊。

兰踩着红皮鞋跳绳。兰踩着红皮鞋拍皮球。兰踩着红皮鞋走过我家门前的土路。我每望见一次，心就受伤一回。我问父母讨要，父母随口答应，等你把圈里的猪养大了，就给你买。我信以为真。每日里勤快地去割猪草，割了整整一个夏天，再加一个秋天。好不容易等到猪长壮了，可以卖了，父母却全然忘了对我的承诺。我再提要买红皮鞋，像兰脚上一样的。母亲诧异道，你这孩子，要什么红皮鞋？这乡下到处都是泥地的，咋走路？

失望的心，空落落坠下来。对父母的埋怨，是真真切切的。那时，我以为会埋怨他们一辈子的。他们贫穷，他们平庸，他们粗陋，这都是让我自卑的理由。经年之后，我却明明白白知道我爱，我爱他们，即使他们还平庸着与粗陋着。我陪他们一起闲坐，很有耐心地听他们唠叨。他们老了，依恋我，像小时我依恋他们一样。我忍不住要感激，感激上苍，让我的父母仍然健在。父母在，故土便在，根便在。我哪里还会去埋怨一双当年的红皮鞋？提起，也多半微笑着。岁月，早已抚平了我当年的稚嫩。生命中最重要，原不是锦衣美鞋，而是我们在一起。我们还能够在一起，很好了。

也曾认真地恨过一个人。年轻的心，被伤起来似乎太过容易，一句话，一个眼神，一个不经意的动作，便能把心伤得千疮百孔。是下课时光，一帮同学围坐在一起说笑，有同学不知怎么就打趣起我来了，用的是轻视的语气。大家便一齐看着我哄笑，我瞥见他也在其中笑，笑得毫无遮挡。心里立即怨怨的，怎么可以呢？

全世界的人都可以笑我，唯独他不可以。因为，我是喜欢他的，他亦是喜欢我的。自此之后，我不再跟他讲一句话，日记本上写上他的名字，用红笔重重地划去。力透纸背的，都是恨。

　　那个时候，也以为是要恨上一辈子的。一些年后，忆起往事，我竟连那个男孩的样子也记不起了。曾经恨不得拿命去拼的事儿，现在想来，却不过是衣襟上落下的尘，轻轻弹弹，也就掉了。岁月这个神偷，早已在不知不觉中，偷走了我的青嫩和张扬，留下的，却是从容和淡定。日色悠悠，清静喜悦。

岁月无尽

　　茅草房，黄菊花，竹园，麻雀，还有芦苇丛中咕咕叫着的水鸟……这是我的童年。乡村的天空又高又远。还有那不倦的风，从田野那头吹过来，又从田野这头吹过去。阳光洒落，像小雨点。洒在草上，草绿了。洒在花上，花开了。人家屋前，总有一棵两棵树，是桃树，或梨树。春天开花，红的像霞，白的似雪。树结果，藏在叶间，像诱惑的小眼睛。孩子们是等不得果儿熟的，青嫩嫩的时候，就摘下来。涩嘴呢，哪里能吃？于是地上到处撒满青青的小果子，风吹过一般。惹得大人们半真半假追后面骂，这些天杀的，烧瓜等不得熟呀。我们一边笑着逃走，一边想，为什么要说烧瓜等不得熟呢？烧瓜与果子有什么关系？不知。幼小的心，是疏于等待的。

　　到处疯玩。小脚老太的院子里，长着一棵桃树、两棵梨树。花落时节，树叶间，绿绿的小果子隐约可见。我们伏在她家院墙头，看树，看果子，看她和她的呆男人。据说小脚老太的男人原是地主少爷，家大业大，十里八乡都是他家的地盘。少时读书读呆掉了，五谷不分，香臭不知。却娶四房老婆，小脚老太是他的大老婆。"文革"一来，那三房老婆，走的走，改嫁的改嫁，只有小脚老太忠贞不渝地留下了。家业衰败是自然的了，她领着他，住进两间茅草房。靠一点薄田，养活她和他。呆子并不知人间愁苦，整天坐在院子里晒太阳，养得白白胖胖的。

我们看到的场景常常是这样的：小脚老太搬一张凳子让呆子坐下，她在一边给呆子补衣裳。或给呆子梳头。或喂呆子吃饭。一院子的温温软软。呆子饭吃得急，一口恨不得把饭碗吞下去。小脚老太对着呆子好脾气地笑，不急，不急，慢慢吃哦。像哄一个小孩子。

我们趁她转身的当儿，一窝蜂再次翻过墙头去，偷黄瓜。呆子看见我们，显得兴奋，不住地"啊啊"着。我们不理他，摘了黄瓜，赶紧溜。这时，小脚老太的声音远远送过来，乖乖肉啊，不要跑，会摔倒的。下次在路上遇见我们，她会拉着我们的手关照，乖乖肉啊，要吃黄瓜，就到院子里去摘，不要翻墙头，那太危险了。但我们下次，还是会翻墙头进去，无限的乐。倒是家里大人知道了，会痛骂我们，说奶奶可怜，不要惹她生气云云。家里偶尔有好吃的，总不忘盛上一碗，让我们送去。我们乐意给她送去，觉得她是好人，好人是让人亲近的。

那时最让我们费解的一件事，是把自家儿子，送给别人家的。两家相隔不远，一个村东头，一个村西头。那儿子看见亲生的妈，眼光恶恶的，不认的。亲生的妈，背地里淌眼泪。我问过母亲，为什么呢？母亲说，还不是穷，养不下去了。

一度，我很害怕被亲生父母送掉，因为我家里，也穷。也真的有人看中我。看中我的是一对夫妇，在村小学做教师，结婚多年未育。他们跟我父亲熟，一次相遇，谈及无孩子，长叹。父亲一时同情心大增，头脑一热说，我家二丫头乖巧，要不过继给你们？那家如得神谕，欢喜不迭，忙忙打扮一番来看我。一看就喜欢了，回去买了糖果糕点再来。许诺我，跟他们回家，以后天天有糖果糕点吃。

我有点动心，那糖果糕点多好吃啊。母亲却虎下脸，母亲说，就是穷死饿死，我家丫头也不会给别人。父亲也反悔了。这事，最后黄了。我成年后，父母每说起这事，都感慨，说我差点成了别人家的丫头。

冬天了，大雪纷飞。满世界再没其他杂色，只有银白，银白，还是银白，闪亮亮的。冷，我们围着祖母的小铜炉取暖，在茅草屋里唱歌谣，唱"雪花飘飘，馒头烧烧，吃吃困困，两头香喷喷"。这是理想的生活，有白面馒头可吃，睡梦里都是香。

姐姐向往地说，长大了，她要蒸一箱子的馒头。

我们在这样的向往里，陶醉，幸福。

也向往过穿红裙。

也向往过买漂亮的红绸子，缠辫梢。

姐姐还向往过一双红雨靴。

向往着向往着，我们长大了。我们可以吃成箱成箱的白面馒头了，可以买一衣橱的红裙子了。童年的小伙伴现在已天各一方。我的姐姐，也早已嫁作他人妇，最近她刚砌了三层小楼。回母亲家遇到，我们的话题，总离不开小时候。小时候怎样呢？天很高云很淡，岁月无尽。

我们走在小时候走过无数次的田埂上，小野菊们还像从前一样，开得星星点点。黑泥土在脚底下唱着歌。放眼望过去，一些人老去了，一些人在诞生，村庄一日一日，终将成为陌生。我们眼里，慢慢沤上温热的泪水。

隔着岁月的烟雨，什么都变了容颜，唯有童年不会，它永远活在岁月底处，熠熠生辉。

我要为你吹一世的笛子

她走近他的时候，正是他人生最不堪的时候，先是父亲被批斗致死，后是母亲疯了，失足坠楼而亡，他亦被下放到一个偏远的小山村。新婚妻子敌不过这样的变故，跟他划清界限，离他而去。原本热热闹闹的一个家，顷刻间，没了。

雪下得紧。他一个人爬到白雪覆盖的小山坡上，想悲惨人生。想到痛处，忍不住放声大哭。突然身后有人唤他："哎——"他回头，看见她鼻尖冻得通红，肩上落满雪花。

"你不要哭，真的，不要哭。"她有些语无伦次，"我相信，你不是坏人。"她眼睛亮亮地看着他。

他冻僵的心，被那双亮亮的眼睛照亮。漫天漫地的雪花，有了温暖。

他知道了她叫英子，十九岁，家里有兄妹五个，她排行老二，没念过书。她知道了他原是大学里的音乐老师，遂有些得意地说："我就说嘛，你不是坏人。"

他难得地笑了，反问她："怎么不是？"

她脸红了，低了头哧哧笑，说："看上去不像嘛。"

隔两天，她跑来找他，脑后粗黑的长辫子不见了，代之的是一头碎发。她脸红扑扑地对他说："我要送你一件礼物。"他尚在发愣，一支绛色的笛子，已举到他跟前。她说："你是音乐老师，一定会吹笛子的，一个人的时候，吹吹，解解闷。"

她竟自作主张跑去集镇上，卖掉她的长辫子，换来一支笛子。

他问："为什么要这样做？"

她答："我喜欢读书人呀。"

他黯然，说："傻姑娘，我会连累你的。"

她说："我不怕，你不是坏人。"

他们相爱了。流言蜚语四起，都说是他勾引她的。村里召开批判大会，把他押到台上。她出人意料地跳上台，憋着一张通红的小脸，对底下激愤的人群说："我喜欢他，我要嫁给他！"

这不啻一磅重弹，炸得人们一愣一愣的。那时候，小山村人们的思想观念还相当落后，男婚女嫁，都讲究父母之命媒妁之言，哪里有大姑娘自个儿追男人的？有人骂，不要脸，真不要脸。后来许多人骂，不要脸，真不要脸。她亦是不在意的，昂着头，像个勇士。

她的父母迫于外界压力，速速替她寻了一山里汉子，要她嫁过去。她拿一把菜刀架到自己脖子上，说："除非我死！"

如此的千辛万苦，他们终于走到一起。结婚那天，没有鞭炮齐鸣，甚至连一句祝福的话也没有。母亲偷偷塞给她五块钱，抹着眼泪说："丫头，以后过好过歹都不要怪娘。"

她却是满足的、幸福的。两个人的灯下，他为她吹了一夜的笛子。

八年后，落实政策，他得以平反，回了城，重返校园。她在村人们羡慕的眼光里，跟他进了城，却与一个城格格不入着。她不会说普通话，冒出的土疙瘩语，常让人捂着嘴发笑。他们家里，进进出出的，也都是些衣着鲜亮的人，他们谈论什么贝多芬、肖邦，神采飞扬。她是一句也听不懂，只有发呆的份儿。和他一起走在大学校园里，她手脚局促得无处安放，只觉得一颗心往下掉呀掉，掉到尘埃里去了。她终于待不住了，闹着要回她的小山村。

　　他送她回去了，转头一心扑在他的事业上，渐渐的，声名外溢，许多大学请他去开音乐讲座。这时候，他遇到了一些追求者，都是仰慕他才华的女子。要好的朋友趁机劝他，还是跟乡下的那个分了吧，她不配你的。他不是没有过动摇，再回去，他试着跟她说："我可能，不会回来了。"她听了，低下头去，说："你怎么说怎么好，我都听你的。"他走时，她拿出曾经的那支笛子给他。"一个人的时候，吹吹，解解闷。"她说，神情很平静。

　　意外是在她送他回城的路上发生的。一辆刹车失灵的大卡车突然冲向他们，她眼疾手快，迅速把他往外一推，自己却被撞飞，当场昏死过去。

　　七天七夜后，她醒过来，人却变得痴呆。医生说，她的脑子受了重创，要恢复，难。

　　他没有再回城。因为他知道，她喜欢的是乡下，只有在乡下，她才能活得舒展。他陪伴着她，叫她英子。乡村的风，吹得漫漫的，门前的空地上，长着她喜欢的大丽花。太阳好的时候，他把她抱到太阳底下，给她吹笛子听。他说："英子，当年，你真勇敢啊，你跳上台，对着那些人说，你喜欢我，你要嫁给我。"说到这里，他笑出泪来。而她的眼角，慢慢的，也似乎有泪花在闪。

他再不曾离开她。

一窗清响

　　闲时，读杨万里的诗，读到一句"芭蕉分绿上窗纱"，我很是喜欢。季节是初夏吧，小门小户的人家，不金碧，亦不辉煌。可是院子里，却栽种着数棵绿芭蕉。是男主人栽的，还是女主人栽的？无论是他们中的哪一个，都定有颗爱植物的心。凡尘俗世，因拥有这样的心而美好。

　　芭蕉一年一年长高，"扶疏似树"，"高舒垂荫"，一到夏天，碧绿蓊郁得尤甚。那些绿，垂到什么地方去了？人还没留意呢，它们倒静悄悄地，爬上了窗纱。窗里的人呢，那被芭蕉映得绿莹莹的人呢，午后，他们是在梦里小睡，还是在围桌话家常？一窗清响，日子静好。

　　我在如此走神的当儿，眼光又不由分说地落到楼后人家的窗上。我的书房，正对着这户人家。我在书房里看书或写字，一抬头，就能瞥见他们家的窗。天蓝色的窗帘，半遮半开。窗口有时会搁一盆绿，是茑萝，或是吊兰。有时会搁一盆花，是杜鹃，或是海棠。青青绿绿，红红白白。大捧的阳光，在窗户上面肆意攀爬。

　　我熟悉这家人，男人，女人，还有一个小女儿。前几年，男人闹过离婚,外头有了人。离婚闹了好长一段时间,男人日日不归,连小女儿也不肯要了的。那段日子,他们家的窗帘,总是拉得紧紧的,窗台上,落满尘。有时,黑漆漆的夜里,我听到窗帘后传出嘤嘤哭泣,是女人隐忍的哭。在静夜里,格外分明,听得人心酸。后来,男人出车祸,死里逃生,为他落泪的,是女人,不是情人。守在他床边的,也是女人,不是情人。男人身体康复后,再没提过离婚。

早起时,我去屋后跑步,遇到男人。一夜的风吹,金针似的杉树叶,铺了一地。男人拿把大扫帚在清扫。看到我,他笑一笑,点点头,算作招呼。一边冲屋内叫:"凤玲,快去看看锅上的汤熬好了没有,别把水熬干了!"屋内迅捷传出女人的应答:"知道了知道了。"声音是清澈的,欢快的。让人想象着,她走路的姿势,一定如一只羚羊一样敏捷和快乐。我打心眼里替女人高兴,风雨过后是彩虹,她等来她的彩虹了。

我外出几天,回来,习惯性地抬头望他们家的窗,突然发现那个窗口,新添了两样东西,一只风铃,一盆葱。风铃是悬挂在窗户上的。冬日的暖阳,打在风铃银色的贝壳上,熠熠发光,仿若珠宝。风吹,银色的贝壳晃晃悠悠,发出叮叮当当的脆响。

葱呢?真绿!我想起绿油油这个词。也只有这个词能配它,那些绿,是恨不得一滴一滴淌下来的。它们是冬天里的春天。长葱的盆,却是只豁了口的破瓷盆。用旧了罢?女人舍不得扔,在里面栽了葱。葱在女人的眷顾下,一日一日葱茏,旧瓷盆焕发出另一种光彩,素朴而雅致,让人觉得,它天生就是配葱的。

这很像我们的人生,少有绝对完美的,它可能就是一只豁了口的瓷盆，望得见岁月的憔悴与伤口。然而，又有什么关系呢？只要你心怀希望，一盆的葱绿，很快会让它重新变得生机起来蓬勃起来。

第四辑
舌尖上的思念

　　我一点一点吃下去，眼前有大片番瓜花在开，岁月的苦与甜，慢慢汇聚到我的舌尖上，在我的舌尖上相会。

良家莴苣

喜欢看削去皮的莴苣，简直是出浴的美人哪，通体晶莹润泽，翡翠似的。如果某天偶得半天空闲，我喜欢到菜场去逛，看那些漂亮的蔬菜。我以为，蔬菜是极漂亮的，各有各的风姿，含情脉脉。其中，必有莴苣。我总会买回一些，去叶去皮，独自欣赏一番，而后凉拌或炒着吃。

莴苣好种，是农家必种的蔬菜之一。杜甫曾写过种莴苣："堂下可以畦，呼童对经始。苣兮蔬之常，随事艺其子。"这劳作场面很有些声势的，在屋前大呼小叫的，只为种一畦莴苣。

我老家人家种莴苣，是没有杜诗人这样的大张旗鼓。莴苣在乡下，是家常蔬菜，有些自生自长的意思。乡人们多半是在某个闲落的午后，眼光睃到屋后的一块空地了，想着要种点什么，于是随意撒下种子去。某一日去屋后，突然发现，那块空地上，莴苣已绿成一片。仿佛它们天生就长在那儿，是良家女子，很守规矩的样子。

那个年代，缺粮，却不缺蔬菜，譬如一地莴苣。肚子饿了，到地里随便拔一根莴苣，去皮，生吃。味微苦，却清新得很。有时也会吃得精致一点，烧汤或炒着吃。若是和了鸡蛋炒，算得上美味佳肴了。一般人家，只有待客时才做这道菜。

格林童话里，莴苣是个美丽的姑娘，有一头浓密的长发，头发长到能从塔顶垂到地面，上面可以悬挂爱情。多情王子日日攀着她的长发，避开女巫，与她相会。后来被女巫发现，这段爱情，遭受许多磨难。但最终，美丽的莴苣和王子过上了幸福的生活。——小小莴苣，原也有这样的传奇人生，宫殿深处，华衣锦服，一定极尽灿烂。想她什么时候流落到民间的呢？一经流落，就广为播种。五世纪，她远涉千山万水，从遥远的地中海沿岸，来到中国，成为百姓餐桌上日日相见的一道蔬菜。可见得，她原是良家的。

我记忆里，老家也流传过莴苣姑娘之说，是专伺菜园子的女神呢。秋后，有些人家会做法请莴苣姑娘，所用道具极简单，就是用一簸箕，上面插一根筷子，由两个少女挽着，在莴苣田边跪下来，口中念念着："请莴苣姑娘下凡来。"村人们会问"莴苣姑娘"一些疑难问题，妇人会问，会不会生男孩啦。老人们会问，还有多长时间可活。那根筷子，在事先备好的面粉上，不停画着圈，那是"莴苣姑娘"在作答呢。那一场面，充满神圣之感。我现在当然知道，那纯属无稽之举，哪里有莴苣姑娘？但众多的蔬菜里，偏偏莴苣成了乡人们心中的神仙，能让他们亲近，也足以说明，乡人们对莴苣的喜爱了。

姑娘，知道不？莴苣皮烧蛋汤，比生菜烧蛋汤还好吃。这是菜场的老大妈教我的。我问她买两斤莴苣，她麻利地给我去叶，削皮。莴苣叶装一个袋子，莴苣皮装一个袋子，莴苣装一个袋子。

她说，莴苣叶是宝贝啊，用水汆一下，凉拌，滴两滴麻油，可香啦。我微笑着听，点头。老大妈她不知道，我是乡下长大的，对莴苣的一切，熟着呢。我不但吃过凉拌莴苣叶，那时还经常吃用莴苣叶煮的饭，香得缠牙。

念念樱桃

我是在一个雨夜，遇到那些樱桃的。

六月的雨，说下就下，噼里啪啦，又大又急。

我从朋友家回，路过一个广场。广场周围，以往总有不少摆夜摊的，多数是卖水果的。今天路过，只剩下一个摊位，大雨篷撑着，在偌大的广场边，显得有些伶仃。

雨篷下的人却不伶仃。两个人，一男一女，看样子是夫妻。我路过时，他们正挨在一起说笑着。我就要走过去了，猛回头，瞥见他们摊位上的那一小撮红，在或青或绿的瓜果中，活泼着。晕黄的灯光，也掩不住那诱人的光泽，跟红宝石似的，赏心悦目得很。

不得不信，这世上，有些水果，光看看，就足以让人心中充满欢喜的了。就像相遇到一个赏心悦目的人。

忍不住退回去指着那串"红宝石"，问，这是什么水果？

女人男人齐声答，樱桃啊。

可不是嘛！那一颗一颗圆溜溜的红果子，像极孩子嘟起的小嘴，俏皮着。真的就是樱桃啊。

而在此之前，我从没如此近距离地看到过樱桃。小时候学画画，几笔一描，樱桃就出来了。连我那不识字的母亲看了画也会说，呀，你画的是樱桃呀。但苏北的乡下却少有长樱桃的，不知是长不起来呢，还是本来就没有。反正在我的记忆里，从没见过一棵樱桃树。我母亲或许见过也未可知。

　　我却是喜欢樱桃的，无来由地喜欢。邻家有小女孩拿了樱桃做名字，让我很是嫉妒了一阵子。

　　有一年，我远足河南。长途汽车在山沟沟里转啊转啊，望不尽的山，望得人疲惫。突然地，眼前一亮，是在那山脚下的路边，我看到一个山民蹲着，守着一篮子红果。那红，是艳到人心里去的，满眼的青山，都失了色呀。想下了车去买，无奈车子呼啸而过。

　　后来一直念念于那篮子红果。说给朋友听，朋友说，怕是樱桃罢。我听了，心里面竟有一种满足的安然。只有樱桃，才配了我那几千里的想念的。

　　想起不久前看到的一个故事，故事说的是一对热恋中的情人分了手，天涯海角去了。以后的岁月，他们守着各自的天涯，慢慢老去。但男人念念不忘旧情人，她一直如一片白月光，清亮在他的梦里面。某天，男人终抵不过强烈的思念，寻到旧情人住的地方去。历经曲折，终于找到旧情人，她却成了一个臃肿的老妇人，衣衫不整，满嘴粗话，哪里还有从前的优雅？男人只听得哪里发出轰的一声，一片白月光塌了。

　　这世上，有些想念，原是要放在距离之外的，是要隔了迢迢山水来望的。那一抹艳红，不是山丹丹花开啊，而是想念的颜色，是经得起岁月洗汰的。如红红的小樱桃。念念这么多年，它还是它，还是那么珠圆玉润的一颗颗。想来人世间，到底还是有永恒的，这是无尽的希望和欢喜罢。

很喜欢用樱桃来作的一个比喻——樱桃小口。是陕北信天游里唱的呀："樱桃好吃树难栽，有些心事口难开。"一定是米脂那美丽的婆姨，长着樱桃似的小嘴，亭亭立在樱桃树下，对着黄土高坡唱开了。那个情哥哥，你可曾听清楚，紧抿的樱桃小嘴下，原是有满腹的心事呢。口难开，口难开呀。你懂吗你懂吗？

这样的景象不能想，一想，便醉了。

一把桑葚

　　好些年不吃桑葚了。某天，从一水果摊前过，看到包装得好好的桑葚，乌紫透亮的。不信，停下问，那是什么？卖水果的男人笑一声，桑树果啊。

　　这叫法一下子把久别的故乡，拉到我的跟前来。我的乡人们不买桑葚的账，他们只叫它，桑树果。直白又亲切，像唤邻家小儿郎大牛或小狗。尽管成年后，那孩子有比较文绉绉的学名，可在乡人们眼里，他就是大牛或小狗，哪能是别的什么呢。

　　那时，乡村多野生的桑树，长得又高又粗，和槐树们在一起。桑葚成熟的季节，孩子们乐疯了，成天攀在高高的桑树上不下来，嘴唇染得乌紫乌紫的。脸蛋染得乌紫乌紫的。小手染得乌紫乌紫的。连身上的衣，也被染得乌紫乌紫的。简直就是一个紫色的小人，只剩下两只眼睛忽闪忽闪的。这时候，家里的大人们多半是宽容的，不会责怪孩子弄脏了衣裳。有时，他们也会搁下农活，从地里上来，站树旁，摘上一把吃。

　　太多的桑葚，哪里吃得完？树下落厚厚一层，大家都懒得去捡的，任它把身下的泥土，染得乌紫蜜甜的。鸟飞过来帮忙。成群的鸟儿，小麻雀，白头翁，花喜鹊，野鹦鹉，它们欢聚一堂。桑葚成熟的季节，是它们的节日，那么多甜蜜的果实，它们想吃哪颗就吃哪颗。人这时大度得很，不与鸟计较，放任它啄去。蓝蓝的天空下，人与鸟，共享这大自然的赏赐，不分彼此，其乐融融，幸福安详。

我在回忆里沦陷，恨不得立即跑回童年去，重新被桑葚染紫。

傍晚，我出门去散步，往郊外走。要经过一堵围墙，那堵墙已立在那儿好几年了，里面圈着好几十亩的地，是一家单位买下的。不知是没钱开发还是别的什么意思，地一直荒芜着。附近的农民钻了围墙的铁门，在里面掏地儿种些蔬菜。我有时会站在铁门缺口处，往里瞧，瞧见里面的荒草长得比人还高。

这天，我散步到这儿，习惯性地往里瞧，瞥见里面的小野花，绚丽缤纷，像铺了一条彩色地毯。我忍不住钻过铁门去，想看清楚些。当我如愿地亲近到那些小野花，猛一回头，竟撞见墙角边的一棵桑树，上面累累的，都是紫得发亮的果实。不正是桑葚嘛！一激动，我差点忘乎所以地跳起来。我跑过去，一颗一颗摘了吃，甜蜜的汁液，瞬息间，把我的心淹没。像童年时那些幸福的鸟儿，想吃哪颗就吃哪颗。

《诗经》里有桑葚："于嗟鸠兮，无食桑葚。"传说中，布谷鸟吃多了桑葚，昏醉过去，险些丢了性命。这里的桑葚，代表让人迷醉的恋情，她陷得越深，被伤得就越深。甜蜜的桑葚染上了幽怨气，不喜。还是喜清人叶申芗的桑葚："翠珠三变画难描，累累珠满苞。"看看，桑葚由翠绿变红变紫，一颗颗像饱满的珠儿似的，累累地挂在树上，哪里能画得出呢？这才是桑葚应有的样子，繁华，热闹，饱满，欢喜。

　　我采一把桑葚，打算带给邻居家的小孩。他是不知这世上有桑葚的。现在，即使乡下的小孩，怕是也不大知道桑葚了。那种吃桑葚的野趣，到哪里去寻呢？

香菜开花

香菜开花，居然也那么好看。——我是很有些惊奇的了。

照理说，我应该见过香菜开花的。从前的乡下，哪家没有这样的一畦菜蔬？用它凉拌云丝，或是萝卜丝，是顶好吃不过的。煮鱼或烧汤搁一点在里面，那鱼和汤，就香得不得了。乡下人叫它，芫荽。

花在乡野最容易被埋没，那是因为多。乡下几乎没有一种植物不开花。野蔷薇、紫云英和野菊花，一开一大片，把香气撒得到处都是，也无人去赏。农人们兀自在花旁劳作，浑然不觉。香菜开花，就更显得籍籍无名。

然现在不同。现在，它是在我的花池里开了花，让我忽略不得。

院门前的花池里，曾入住过一拨一拨的植物。有我特意栽种的，像月季、美人蕉和海棠。也有主动跑来的，如狗尾巴草、婆婆纳、荠菜和一年蓬。我亦在里面种过扁豆，想有满地秋风扁豆花的。后来，扁豆果然蓬勃得不像话了。

只是，这棵香菜是什么时候来此安营扎寨的呢？不知。花池里本来长着一大丛茂密的海棠，都快把池子给撑破了。母亲来我家，看见，觉得浪费了，拔掉，栽上葱。母亲说："葱多好啊，家有葱花，做菜不求人的。"

葱却瘦，不情不愿的样子。每每看到它们，总让我觉得愧对它们，给它们浇淘米水，给它们施有机肥，还是不见它们茁壮起来。邻居看见，说："这块地的肥力没了，怕是被原来那丛海棠给吸收了。"我想想，觉得有道理。从此，对它们不再过问。

那日，我站小院门口，和邻居闲话，一瞥花池，竟看到了香菜。这太让我意外了。我走近了，弯腰细看，可不就是香菜！一棵，安居乐业在我的花池里，端出一副碧绿粉嫩的好模样。电话问母亲："可有帮我种过香菜？"母亲答："没有啊。"这更让我欢喜了，好吧，我当它是风吹来的礼物。

一日一日，它勤勉生长。葱们渐渐退居一隅，花池成了它的天下。

忽一日，它就开花了。想来它是早就蓄谋好了的，先是悄悄抽长，个头变高，终于亭亭起来，枝叶纷披。而后，它悄悄积攒着米粒般的小花苞，绿的，与绿叶子混在一起，不细看，还真看不出。一俟时机成熟，它便当仁不让地全部盛开，一头一身，全是细白的小碎花，满天星似的。隔着清风看过去，叶疏花细，很像蓝印花布上息着的那一朵朵。花中生花，五朵环抱，精巧秀气，每一朵，都当得了古典美。

于是，我有了一池的香菜花可赏。无论远观，无论近看，它都上得了台面，不比人们钟爱的兰花逊色。对着它，我有些感动，我们相识很多年了，我却是第一次见识它的花。从前的从前，它应该就是这么开着花的。以后的以后，它还将会这么开着花。有人赏，或无人赏，对它来说，又有什么关系呢？它只管顺应着自然的法则，一路走下去，让生命按照生命的顺序成长。

想起曾看到的一句话："花的开落，不为旁衬或装点，花只是花，开落只在开落本身。"这颇像我们的寻常人生，一生默默，不离不合，无关繁华与冷落，只认真地活着自己的活。

冷锅饼

发酵的面粉头天晚上就用大盆装了，祖母还抓一把稻草，把盆捂好。我们的心，开始激动起来，快有冷锅饼吃了。那终日里土黄着一张脸，搁在檐下被风吹被雨淋的陶盆，在我们眼里，变得无比亲切且温暖。兄妹几个不时去看看它，很是担心一眼照应不到，它就飞了。

是的，过中秋了。村里唯一一家小商店，红砖的墙上，几天前就贴上大红的纸，上面写着：月饼供应。其实哪里用得着写啊，月饼的香甜味，即使被藏着掖着也能闻得见的。何况一口大缸里，满满装着的，全是月饼呢。空气中，密布着月饼的香甜。我们几个孩子，从商店门口走过去，再走过来，如此反复，只不过是想多嗅几口月饼味。那寸寸的空气，只需轻轻一戳，就是一口甜。

面皮白的店员——一个脾气温和的中年男人，站在店门口，好笑地看着我们，说，回去叫你们家的大人来买月饼啊。我们被他看中心思了，很不好意思地跑开去，心里想的是，我们家哪里买得起月饼呢。便很强烈地羡慕他，能守着一缸的月饼，该多么幸福。待我长大一些后才明白，卖月饼的，未必吃得起月饼。那时，他亦是个穷人，是从城里，被派到我们乡下来守店的，拿不多的工资，要养活他在城里的一大家子。

月饼对我们是奢望，冷锅饼却是家常的。我所在的乡村，每到中秋，家家都要做冷锅饼敬月神的。敬不敬月神我们小孩子不关心，我们关心的是，可以吃到冷锅饼了。祖母是做冷锅饼的高手，发酵好的面粉，被她分批倒进一口刷好油的大锅里，盖上锅盖焖。这个时候，烧锅的事，祖母不许别人碰，都是她亲自做。火大了饼子会煳了，火小了饼子会黏着了，得把灶膛里的火，控制得不大不小，那功夫，全在祖母手上。我们在厨房里跳进跳出，不时问祖母，好了吗？等待的时间，真是漫长。

约莫一个时辰后，祖母熄了灶膛里的火，把一块湿纱布，摊在锅盖上。等湿纱布干了，锅灶冷了，冷锅饼也就可以出锅了。新出锅的冷锅饼，足足有脸盆那么大，两面金黄，松软适度，香味扑鼻。我们急不可耐掰下一块，塞进嘴里，饼子的香味，立时窜得满嘴都是。我们不再想月饼，有冷锅饼可吃，便觉得自己是世上最幸福的人了。

邻里之间，在中秋这天，是要相互赠送自家做的冷锅饼的。这家的，那家的，个个的口味不同，成了大家茶余饭后的谈资。祖母做的冷锅饼，最受邻居们推崇，都说四奶奶这冷锅饼，没人做得出。祖母听着，谦逊地笑说，做得不好吃呢。眉眼里却都是喜悦。邻居家小媳妇丽珠，做出的冷锅饼，却是又硬又酸的，少不了被大家取笑。弄得丽珠见了人都低着头，羞愧得很。她跑来向我祖母讨教，祖母毫无保留一一告诉了她，不知后来她做冷锅饼的手艺有没有长进。我想起这些时，丽珠已离世七八年了，人生盛年，心脏病突发。我有次回老家，看见她男人，形只影单地在家门口晃，苍老得很厉害。

爆米花

爆米花的那个男人不知打哪儿来的，反正他来了，骑着一辆三轮车，车上装着炭炉、小滚筒，还有一大袋子玉米粒。他在桥头摆开阵势，很快吸引了一部分人去，大家用充满新奇又快乐的口吻，明知故问道："爆米花呢？"男人把炭火烧得旺旺的，把小滚筒里装上玉米粒，笑回道："是啊。"

我也站一边傻看，心里涌满莫名的感动和欢喜，仿佛相遇故人，有着遥远的亲切。爆米花城里到处有卖，咖啡馆里有，超市里有。微软的白，奶油浸过的，用瓷的或竹的器皿装着，底下垫一层白色印花纸。是走进皇宫的灰姑娘。味道也不似从前，闻起来奶油味，吃到嘴里，依然是奶油味，失了原先那种粗糙的香。

原先？原先是什么呢？在那些高而灰白的天空下，一群孩子像过节似的喧闹着，围着一炉火跳，火上，黑黑的小铁桶在快速转动。而后，爆米花的那个黑脸膛男人大喊一声："炸啦！"孩子们欢叫着四下跳开，只听"嘭"一声，滚筒里的玉米粒全部都开了花，是香香的一小朵一小朵的。孩子们的快乐也随之开了花，散着粗糙而又拙朴的香。

一年里，也就那几个寒冷的冬天最让人期盼，一小撮玉米粒，就能换来一大蓬花开的幸福。它让整个冬天不再冷清。

也还记得，村子里有个寡居的妇人，小脚。真正的小脚。我看过她晒在墙头的鞋，绣花的，小巧得可以藏在我的口袋里。妇人衣衫整洁，喜欢在脑后盘个大大的髻。妇人平时言语不多，跟村人们也没什么来往，一个人孤寂寂的。却喜欢小孩子，看到我们，就招手要我们去她家。她家有个米坛子，外表一团暖黄，上面盘着拓印的睡莲花。米坛子置在她的床头柜上，里面仿佛有取不完的爆米花。每次我们去，妇人都会从里面抓出许多，给我们一人一小把。妇人坐在梳妆台前，一边揽头发，一边笑眯眯回头问我们："好吃吧?"我们齐声答："好吃。"她说："好吃下次再来啊。"我们应道："好。"但下次未必真的去，除非她招手叫我们去。心里那时挺矛盾的，一方面抵不了爆米花香味的诱惑，一方面又有些怕她。听大人们说，她早年有过男人和孩子，但男人死了，孩子也死了。

现在想来，她不过是个怕寂寞的妇人，只想用爆米花，来留住这世上的一些香和热闹。在那些备是凄惶的日子里，爆米花一定给了她最最温暖的慰藉。

爆米花的男人，现在天天准时出现在桥头。在一簇火的烘烤下，无数颗玉米粒，在深秋的夜里开了花。我每次路过时，总会放下一元的硬币，买上一小袋爆米花，托着它回家，然后坐在灯下慢慢吃。我想起故乡，想起久远的一些香、一些好，还有人生的轮转。也不过一刹那的工夫，多少年就这样过来了。

吃茶

看过一首写吃茶的诗，念念不忘。是元人张雨作的《竹枝词》："临湖门外是侬家，郎若闲时来吃茶。黄土筑墙茅盖屋，门前一树紫荆花。"是青春小女子，爱上一个人，相约着来家里。可是他不认识路啊，不要紧的，标记明显着呢——土墙、茅草屋，门前开着一树的紫荆花，那是我的家。你若有空，就来我家吃口茶吧。这里的吃茶，实在有趣，它把两个闯进爱情中的男女，甜蜜地牵住了。

后来怎么样了呢，那男子真去了女子家吗？那是一定的。门前的紫荆花，开得灿灿的，天空蓝成永恒的模样。她给他沏什么茶吃？菊花茶应是最合宜，香喷喷的缠绵，如同一段恋情。

看《红楼梦》，为里面吃茶的排场惊呆，怎一个眼花缭乱了得。泡茶用的水，要隔年雨水。也有隔夜的露，如宝玉喜欢吃的枫露茶。妙玉吃得更绝，用来泡茶的水，竟是五年前收拢的梅花花蕊上的雪。吃茶的杯子，更是稀奇古怪得不得了：成窑五彩小盖钟，官窑脱胎填白盖碗，点犀盉，绿玉斗，等等。我老家人若是见到这等吃茶的，肯定要眼露出不屑来，吃茶就吃茶呗，还这么穷讲究。甚至，还会追加一句，那也叫茶？那叫茶叶子。

老家人吃茶，极少加茶叶，他们吃不惯。他们摘了屋后的竹叶，或是从地里随手采来薄荷叶，泡在沸水里。吃茶的器具，一律是盛饭的碗。大口灌下一碗清凉，那才叫痛快。

我想起老家的访亲来。男女双方经媒人介绍，相识，双方初步合意了，下一步就是访亲，就是双方相互走动一回，访访各自的家庭。有访亲的上门，那户人家必大忙一通，必要准备茶。一般都是吃蛋茶，配了各色糕点。蛋茶的做法不复杂，在水烧沸后，把鸡蛋打进去，不用搅和。等鸡蛋在水里面煮得白白胖胖的，就盛碗。汤水里另加白糖，客气的人家，还会滴几滴麻油进去。如果主家喜欢上门访亲的那一个，那白糖，会加很多，甜得掉牙。来访亲的吃蛋茶，亦有讲究，不能把碗里的鸡蛋全吃掉。若留单数，说明不想和对方继续关系。若留双数，则表示满意。主家收碗时，子丑寅卯，心里立即有数。

老家人待客的热忱，也多半通过吃茶来传递。客至，必挽留一通，吃口茶再走呀。灶台上立即有了响动，风箱拉得呼呼的，锅里的水，很快沸了。几只鸡蛋下去，一碗蛋茶瞬间做成。桌上已摆上了小碟子，里面各色糕点，摆成花开模样。

我过年时回老家拜年，每回都受到这样的礼遇，家家留了吃茶，自家做的年糕包子糖果点心摆一桌，还外加一大碗蛋茶。他们倚了门笑眯眯地招呼我，没好东西招待你，就吃口茶吧。这样的热情我总不忍拒绝，于是硬着头皮吃，以致后来我一看见鸡蛋就害怕。但老家人恨不得掏出一颗心来待客的热忱，却长留在我的记忆里，每想起，就暖。

吃蟹

很喜欢一句说蟹的谚语：秋风起，蟹脚痒。觉得这一句的有趣，哪里是蟹脚痒？分明是人肚子里的馋虫儿，在蠢蠢着的，偏偏要赖到无辜的蟹身上，给自己的吃，找了很好的借口。这个时候的蟹，个大，蟹黄多，肉质厚且嫩。不用任何作料，单单放清水里煮一煮，端上桌来，也是满桌浓香的。

而实际上，不单单秋蟹惹人吃，冬天的蟹，也是一肚子的货色，胖胖的，很能饱人口福。满桌的菜肴吃得意兴阑珊，突然上来一盘蟹，只只金黄灿烂，晃亮人的眼。颇像看戏看到尾场，满满的咿呀之声，听得人疲惫，突然来了一段劲舞，你的热血，就那么重又沸腾起来。

这样比喻吃蟹，好像不恰当。但我就是这么想来着的。当一盘子蟹端上来，我全然不顾形象，左手掰蟹脚，右手举蟹黄，一边埋头吃一边说："好吃。"惹得一边的好友，忍不住伸手捏我的嘴巴，说："好可爱。"

暗自笑。无端地想起一句台词来，那句台词，是我无意间看到的一部电视剧里的。祖母对着挑食的孙子，把他撒落在桌上的食物，一一捡起来放到嘴里，很有滋味地咂，一边感叹地说："有这样的好东西吃，日子多好啊。"在这里，我想窜改一下，有这样的蟹吃，日子多好啊。

国人喜食蟹，历史悠久，从西周开始，就有吃蟹的史话。魏晋南北朝时有"鹿尾蟹黄"一菜。隋炀帝时有御用菜叫"镂金龙凤蟹"的。苏东坡亦夸张地写过一句诗："不吃螃蟹辜负腹。"而陆游的"蟹肥暂擘馋涎堕，酒绿初倾老眼明"，那么陶醉地剥壳食蟹，比苏东坡的来得更为形象。

《红楼梦》里，曹雪芹更是浓墨重彩写吃蟹。藕香榭中，桂花开得茂密，风也轻软，水也清清，史湘云邀请贾母一帮人赏桂花，啖蟹。那吃法的科学与讲究，让今人大为感叹。不是水煮，而是用蒸笼蒸的，防了蟹中营养成分的流失。吃蟹要趁热吃，辅之以姜、醋和酒。亦不能多吃，贾母说："吃多了肚子疼。"

除此之外，我还看到难得的温馨和一团祥和。那样的富贵之家，整日的钩心斗角，声色犬马，却在吃蟹之时，显露出一点做人的快乐来。彼时，无论主子无论丫鬟，统统地放开了手脚，畅饮畅吃，闹着，笑着。像极浓荫下，突然洒落下一点日光，在人的心头，就那么亮了一亮。

这次螃蟹宴上，贾宝玉兴兴地作了首螃蟹诗："脐间积冷馋忘忌，指上沾腥洗尚香。"那个公子哥儿，什么山珍海味没吃过啊，偏着啖食螃蟹时，一吃再吃，忘了禁忌。吃毕，去洗手，手上还留着蟹的余香呢。他写得自然有趣，但我更喜欢林黛玉的"螯封嫩玉双双满，壳凸红脂块块香"，活脱脱写出了蟹的风味来。

蟹的种类繁多，世界上的蟹类有4700种，我国就有800种。国人一直推崇的蟹是大闸蟹，那是蟹中的极品。

菊事

去冬，我把一盆开过花的菊，随手丢弃在屋旁，连同装它的瓦盆。

屋旁有巴掌大的空地，没人理它，它便自作主张地在里面长婆婆纳，长狗尾巴草，长车前子，长蒲公英，还长荠菜。我挑过一回荠菜，蛮像那回事的，把一份野趣挑进篮子里。后来，这一小撮荠菜，被我切碎了，糅进糯米饼里。饼烙得点点金黄，配了糯米的糯白，配了荠菜的嫩绿，不用吃，光看看，就很享受了。咬一口，鲜透牙。很是感动了一回，有泥土的地方，总会生长着我的故乡。

现在，这块地里，多出一大丛的菊来。是被我丢弃的那一盆。谁想到呢，它的花萎了，叶萎了，心竟是活的。它搂着这颗心，落地生根，不声不响地，勤勤勉勉地生长。最终，它不单自己活了下来，还子孙满堂的样子，——去冬不过一小瓦盆的花，今秋已繁衍成一大丛了。它让我想到柳暗花明，想到天无绝人之路，想到苦尽甘来，只要心没有死，总有出头之日的。

风一场，雨一场，秋季翻过，已是冬了，它还没开够，朵朵灿烂。满世界的萧条，唯它，一簇新亮，是李商隐诗里的"融融冶冶黄";是童年乡下屋檐下的那抹明黄，打老远就看得见。路过的人，有的站着远远瞅。有的看不过瘾，走近了细细瞧。一律的惊叹，好漂亮的花！它倒是沉得住气，面对众人的赞赏，不动声色，不慌不忙，只管把好颜色往外掏。一瓣金黄，再一瓣，还是金黄。如历尽世事的女子，参透人生无常，倒让自己有了一份坚守，那就是，守住自己，守住心。所以，冷落也好，繁华亦罢，它都能安然相待，不急不躁。

孤寡老人程爹，在小区的小径旁种菊。小径旁的空地，原是狭长的一小块，小区人家装修房子，把一些碎砖碎玻璃倒在里面。路过的人都小心不去碰触，以免被玻璃划伤了。连调皮的小猫，也绕着那块地走。老人清理掉碎砖碎玻璃，在里面种青菜和菊。几棵青菜，几朵菊花。再几棵青菜，几朵菊花。绿配紫，绿配红，绿配白，绿配黄，小块的地，让人看过去，竟有花园般的感觉。

这些天，老人除了吃饭睡觉，几乎都围着他的菊在转。我上班时看见他，下班时还看见他，背着双手，很在成就感地在小径上漫步，来来回回。一旁，他的菊，如同被惯坏的孩子，正满地打着滚，撒泼似的，把些紫的、红的、白的、黄的颜色，泼洒得四处飞溅。哪一朵，都是硕大丰腴的，都上得了美人头。

天冷，菊越发的艳丽，直艳到人的心里去。小区的人，每日里行色匆匆，虽是久住，彼此却毫不关己地陌生着。而今，因了这些菊，一个个舒缓了脚步，脸上僵硬的线条，渐渐柔软起来。话搭话地闲聊几句，说着花真好看之类的。或者不聊，仅仅站着，看一眼菊，相互笑笑，也自有一份亲切，入了心头。再遇见，便是老相识了。清寒疏离的日子，因菊，变得脉脉温情。

舌尖上的思念

　　做了个离奇的梦，没有前奏，没有后续，就那么一个片断。如突降的阵雨，啪啦啪啦掉下来，你才惊讶地仰头看，天却放晴了，太阳明晃晃的。让你有一刻的恍惚，不知身在何时何地。

　　梦中一大片番瓜地，一眼望不到头。花开得硕大，艳黄艳黄的。那应是一个村庄，我路过，被大片大片的番瓜花所吸引，不由自主地迈脚走过去。我看到黄黄的花朵下，躺着许多大番瓜，一个个都跟胖娃娃似的。忍不住弯腰摘下一个，捧在手上，心却慌慌的，生怕有什么人看见。心一慌，我醒了。后来我想，我那行为是偷。在梦里，我偷了人家一个大番瓜。

　　离开故土好些年了，我想念过故土的许多瓜果蔬菜，独独没有念过番瓜。番瓜于我，是熟稔到被忽略的。夏天的乡下，哪家房前屋后，不是缠缠绕绕开许多的番瓜花啊，谦卑的，素朴着一张脸。鸡也可啄两口，羊也可啃两下，没有谁去在意的。

　　祖母不错过房前屋后的每一块空地，她在里面种番瓜。夏天的时候，番瓜花开，草堆上卧着的，沟垄里趴着的，甚至树干上缠着的，便都是番瓜花了。大朵大朵的，又黄又艳，总也开不息。

仿佛它们身上装着个魔术袋子，一掏就是一把花，掏不尽。

花多，番瓜便多，是吃不完的。顿顿主食都有它，番瓜粥，番瓜饭，番瓜面条，番瓜饼，番瓜羹……番瓜煮熟，软塌塌的红。我们在碗里那软塌塌的红里，拨拉为数不多的米粒和面条。那个时候的愿望是，什么时候能吃上一碗不掺杂番瓜的白米饭，该多好啊。

也对番瓜有过幻想。那时姐姐念的小学课文里，有篇《南瓜生蛋的秘密》，说的是老百姓爱解放军的故事。他们在解放军买的南瓜里，藏了些鸡蛋。炊事员不知，拿刀一切，呀，竟滚出一案板的鸡蛋来。我们一群孩子就突发奇想，是不是有好心的人，也在我们的番瓜里，藏了鸡蛋？或者藏了别的我们渴望的东西，譬如姐姐渴望的蜡笔，我渴望的红绸带。某天，我们敌不过这样的奇想，把房前屋后所有的大番瓜，统统剖了膛。被祖母用笤帚追着打，祖母痛心疾首地跺脚，你们这些败家子，糟蹋了番瓜，你们吃什么？

那年的番瓜，并没有因我们的开膛破肚而减少，我们还是顿顿吃它，一直吃到秋露降了。某天路过草堆跟前，那枯了的番瓜藤上，竟还趴着两只大番瓜，憨厚的孩子似的，不离不弃地守着自己的家。那晚，我们家做番瓜饼吃了。祖母是感恩的，祖母边吃边说，多亏了这些番瓜，养活了多少张嘴呀。

一别经年，我没有再去想它，却在一个梦里，与它相逢。跟那人说起我做的这个番瓜梦。他肯定地说，你是想家了，想吃番瓜了。午饭时，桌上就有了一盘白砂糖蒸番瓜，是他特地从饭店叫回来的。他笑眯眯地说，吃吧。我一点一点吃下去，眼前有大片番瓜花在开，岁月的苦与甜，慢慢汇聚到我的舌尖上，在我的舌尖上相会。

霜后的青菜

霜后的青菜，是最好吃的。

绿是深绿，绿得泛乌。太阳出来时，霜不见了，却把精神魂儿留下了，渗进那绿得碧乌的叶里面。青菜看上去，便水灵灵的，牵动着味蕾。我坚信霜是有味道的，微甜。

这样的青菜，烧一锅青菜汤是再好不过的了。跟豆腐搭配着，绿是绿，白是白，一清二楚着呢，既惹眼，又惹吃。嫩嫩的，透着鲜。

印象中，祖母提着菜篮，大清早就到田里去挑青菜。临走时，她的手抚过我们的脸，把我们叫醒，说要上学去了。我们把头探出被子外，寒气突然扑面而入，呵气也能成霜，嘴里叫着，呀，冷。已到门外的祖母，不放心地回头再叮嘱一声，快起来，我去挑青菜啦。我们的心里开始泛暖，知道有青菜面条可吃了。

兄妹几个，打打闹闹起了床，祖母下的青菜面条，已在桌上冒着热热的气了，透着一股子的香，让人的胃热热地蠕动。我们迫不及待坐到桌边，祖母说，快吃吧，吃了暖和。然后舀水洗锅。一边就念叨，霜水滴滴霜水滴滴呀。

我们觉得这霜水滴滴好啊，有青菜的温暖，穿肠而过。一会儿，整个身子也暖和起来，像被裹在一层松软的棉被里。顶着西北风去上学，一路上都不觉得冷了。

也极喜欢吃菜冻，那在我小时的记忆中，简直就是美味佳肴的。菜冻的做法极简单，用鲫鱼和鲲子煮是最佳的。先煮鱼，放多多的汤水，然后，把青菜下在里面，烧熟，不用盘子装，最好用盆装。冷却下来，就成菜冻了。一条几斤的鲲子，可以煮两大盆菜冻的。

但那个时候，青菜常有，鱼却不常有，都在河里面呢，等着集体捕捞。所以，我们天天巴望着快快过年。腊月在我们的期盼中姗姗而来，终于开始集体捕鱼了。村里唯一的一条大河边，围满人，热闹得像过节啊。我们小孩子，则像撒欢的小狗，沿着河岸跑。从那时起，家家都可以吃到菜冻了，一直吃到正月里。那些日子，是极幸福的。

今年冬天，青菜特别多又特别便宜。早上去菜场买菜，一老妇人拖着一拖车的青菜守在菜场门口，望着每个进出的人，她都会微笑地招呼一句，买点青菜吧，霜后的青菜，好吃呢。

走过去，掏出手提袋最底层平时看不上眼的硬币，一毛一毛数过去，数上几毛，称得两斤。碧绿的一蓬青菜，就成我的了。想老妇人把一车青菜全卖光，也不过得十几块，实在不容易。就觉得兜里的钱币，有了沉甸甸的感觉。

回家，路过早餐店，去买两个菜包子。听得一等候吃早餐的女孩，在关照下面条的店老板，一定要给我放多多的青菜啊。不由得一笑。

偶遇

　　小城有家卖饰品的小店，店名叫得极有意思，叫"偶遇"。小店开在一条古旧的街道上。店里卖的都是小饰品：精美的钥匙扣，拙朴的香水瓶，会唱歌的玻璃小人，五颜六色的发圈……每一样，都是精致小巧的。一间再普通不过的小屋，被装点得像童话。让人颇感意外的是，店主是个六十开外的老妇人，穿大红的衫，戴贝壳串成的手链，笑容灿烂，举手投足间，自有一段风情。年轻时，她迷恋小饰物，一直没有机会开这样的店，退休了，她重拾旧梦，天天守着一堆"宝贝"，把日子过得如花似玉。

　　那条街道我不常去，自然不知道这间"偶遇"。那天突然撞见，欢喜莫名。这样的相遇，不特意，不约定，带来的惊喜，像晶莹的雪粒，落在心上。一颗一颗，都是透亮的湿润和清凉。后来的一些天，我脑子里不时会蹦出那家小店来，一屋的小饰品，叮叮当当，叮叮当当。与老妇人的风情，竟十分的般配。我不由自主地微笑，岁月里，我们总会渐渐老去，梦想却不会。

　　也是这样的偶遇，在武汉。当地文友拉我去逛光谷步行街，她说那里的灯光，美得让人惊心。天桥之上，我被一朵一朵怒放的玫瑰花牵住了脚步。确切地说，那不是花，那是一堆橡皮泥。可它分明又是花，在灯光的映衬下，瓣瓣舒展，鲜艳欲滴。

捏橡皮泥的，是个矮个子男人，眼睛细小，皮肤黝黑，满脸沧桑。沧桑中，却有种淡定的平和。他在眨眼之间，把一小坨橡皮泥，捏成一朵盛开的玫瑰。我蹲下去，看他捏。他十指扭曲，严重残疾，却灵活。手像被施了魔法似的，在橡皮泥上轻轻一按，一瓣花开了。再轻轻一按，一朵花开了。

我挑起一枝，紫色，典雅大方。想买。他说，这个不卖，人家预订好了的，你要买，我再给你捏。我惊讶了。我说，你可以重捏一个给预订的人啊。他却坚持不卖，说他答应过给人家留着的，就一定得留着。一会儿之后，他给我捏出另一朵来，撒上荧光粉。他关照，你回去对着灯光照上十来分钟，它会发光的。

从武汉回来，我别的东西没带，只带了那枝花回来。看见它，我总要想一想捏橡皮泥的那个人，生活对他或许有诸多不公，他却能够做到心境澄清，不急不躁，让花常开不败。

还是这样的偶遇，在云南。夜晚的广场上，一群人围着篝火在跳舞。不断有人加入进去，天南地北，并不熟识。不关紧的，笑容是一样的，快乐是一样的，心灵因一团篝火，在瞬间洞开。我站在圈外看，有人跟我招手，来呀，一起来跳啊。我笑着摇摇头。手却突然被一陌生女子牵了，她不由分说把我牵进欢乐的人群中。灯光暗影里，她脸上的笑容明明灭灭，如星星闪烁。她说，跳吧，一起跳吧，很好玩的呀。她很快踩上音乐的节奏，身体像条灵活的鱼，看得我眼热，跟着她后面跳起来。那是我平生第一次跳舞，完全的不着章法，欢乐却像燃着的篝火，把人整个地点燃。曲终，转身寻她，不见。满场的欢声笑语，经久不散。

人生还有多少这样的偶遇？在时间无垠的荒野里，我们都是跋涉的旅人，却因这偶然的相遇和眷顾，布下温暖的种子。日后，于某一时刻，不经意地想起，那些温暖的种子，早已在记忆深处，生根发芽，抽枝长叶，人生因此变得丰盈。

回家

从来没有哪一首曲子，能像《回家》这么普及，这么深入人心。它几乎是以泛滥的姿势出现的，咖啡馆、商场、宾馆、学校、工厂、车站、码头，甚至菜市场，只要有人群的地方，这首曲子，总会不经意地响起。

萨克斯的演奏，使得整首乐曲的情绪，从一开始，就饱满得像一只熟透的柿子，轻轻一碰，那甜蜜的果肉，就软成一摊绯红。它让听的人，不知不觉沉迷其中，柔肠百结。你会不由自主地想起很多：故乡的田埂道，弯弯曲曲，路边开着野菊花，淡紫、粉黄，秀雅温柔的模样。麻雀成群结队地飞过头顶。芦苇荡里，有斑鸠在叫，咕咕，咕咕。孩子们在野地里追逐着，像追风的猫。太阳斜斜地，落下去，落下去，最后的光芒，把一个村庄染红。母亲的头巾，从田野那头飘过来。家里养的小黑狗，摇着尾巴往家奔。炊烟升起来了……家，多么亲切的家！院墙上，趴着开得好好的丝瓜花。院子里，长一棵枣树、两棵梨树。五六岁的小丫头，天天仰着脖子往树上看，梨子什么时候能吃啊？枣儿什么时候红啊？无论走多远，那故土的家园，都是灵魂不肯离开的地方。

便想起湘西的"赶尸"来。传说在远古，湘西汉子外出谋生，或征战沙场，最后客死他乡，其家人为了让其返回故土，特请巫师，把他们从千山万水外"赶"回家，入土为安。赶尸这一行当兴旺起来，产生了专门赶尸的赶尸匠。赶尸匠手拿摇铃，念动咒语，所赶尸体便都奇异地站起来，很听话地跟着他走。他们昼伏夜出，翻山越岭，历尽艰难险阻，只为回家。

这个传说深深打动了我。在一年去湘西，我特地跑去观看赶尸表演。低沉的音乐，在幽暗的舞台上响起来，那些"尸体"，随着"赶尸匠"的铃声，缓缓立起，一个一个，跟着前行。他们越沟蹚河，在崇山峻岭中跋涉，我忍不住热泪奔流。"家，回哪个家？门前长满小草和野花"，这首不知什么时候听过的歌，突然浮上我的脑际。我想立即奔回家去，我的父亲还在，我的母亲还在，我记忆中的小院子还在，我要好好爱。

坐出租车去城外办事。车上反复播放着的，是这首《回家》。曲调舒缓缠绵，让人的心一点一点没进去，百转千回。司机是个健谈的人，他说他干这行十来年了，不曾出过一起交通事故。他的语气里，颇多骄傲。我微笑着听，我说，是啊，真不容易。他突然笑说，我一出车，就放这首萨克斯的《回家》，喜欢听呢。我听着时就想，我要好好开车，注意安全，我要平安地回家，因为，我的老婆孩子还在家等着我呢。

为他感动。尘世间最大的幸福，莫过于有家可归，有人在等。

左手月饼，右手莲藕

儿子不喜欢吃月饼，从他会吃饭起，一应的食品，五彩纷呈，哪里有月饼的位置？跟他讲我小时对月饼的向往，好不容易诱他吃一口，他无比艰难地咀嚼，而后一句："妈妈，这月饼真难吃。"我望着精心选购的月饼，有草莓馅儿的，有桂花馅儿的，有肉松馅儿的……只只都精致得很，家人却不爱。其实——我也不爱吃了。

小时的记忆，却刀削斧刻般的，渴盼月饼的心，到了中秋，就成了一只振翅飞翔的鸟，满世界飞扬着快乐。再穷的人家，也要买几只月饼应应节的。月饼摊在桌上的一张牛皮纸上，金黄的，层层起酥，上面点缀着五仁和桂花。一二三四五，六七八九十，我们把这个数字数了又数，希望多出一两只来。但是没有，每年都是这么多，六只月饼送外婆，四只月饼留给我们兄妹几个尝。

母亲把送外婆的月饼，也是数了又数，然后用牛皮纸包好。牛皮纸外面，渗出诱人的油来，香得缠人。我们守在一边，巴巴地等着母亲一声令下："给外婆送去。"这简直是天籁啊，我们争先恐后的，提着母亲包好的月饼，还有几节莲藕，一溜烟向外婆家跑去。

这其中的好处，我们兄妹几个都心知肚明的，虽然母亲在身后追着叫："不要吃外婆的月饼啊。"嘴里答应着："哦。"心里想的却是，外婆哪会吃月饼呢，外婆说她不喜欢吃的。

矮矮的外婆，每次接了月饼，都笑眯眯挨个摸我们的头，然后闻闻月饼，给我们一人一只。我们起初佯装不肯要，但小手早已伸出去了，可爱的月饼，就躺到了我们的掌上，泛着好看的光泽。哪里能抵挡得了它的甜蜜？轻轻咬一口，再咬一口，满嘴生甜。吃得小心而奢侈。吃完，外婆再三叮嘱我们："不要告诉妈妈呀，就说外婆全收下了。"我们齐齐答应："好。"那一刻，我们爱极了矮矮的外婆。

但还是被母亲知道了，因为我们嘴上有消不去的月饼的味道。母亲说："又吃外婆的月饼了？"我们吓得不吭声。母亲就摇头："外婆老了，你们以后的日子还长着呢，会有好多的月饼吃啊。"

这话让我记了很多年，有些事情可以等待，有些则不可以，譬如月饼。我现在可以大把大把地买，而我的外婆，却永远吃不到了。成家以后，我也给母亲送月饼，在中秋的时候。母亲或许也不爱吃月饼了，但当我左手月饼、右手莲藕归家的时候，我的母亲会开心得像个孩子，她屋里屋外转悠着，手忙脚乱地给我们张罗吃的，神情里飘荡着快乐，像我当年渴盼月饼时一样。想普天下的母亲，一生的付出，等待的，不过是这一刻的回报，儿女还把她记在心上。记得，对于一个母亲来说，就是大幸福了。

第五辑
生命是一场感恩

岁月真的太凌厉了，它会逐一拿走她所剩不多的牙齿、头发，以及，眼神里的亮光，直至，她的整个生命。我所能做的，也只是祈求时光慢一点走，再慢一点走。

生命是一场感恩

旧年的最后一些日子，我闹牙疼。到新年，仍不见好，半边嘴巴都肿了起来。吃东西变得小心翼翼，哪怕只是一粒大米，我也要放在嘴里慢慢磨半天，方能咽下去。我这么磨着磨着，想起我奶奶的话来，一粒米，七碗水啊。说的是种粮食的艰辛。我努力回忆我奶奶说这话时的表情，那里面怜悯有，痛惜有，甚至，还有些激昂。可惜小时我不懂她，只一味顽劣天真，觉得她真是好啰唆好麻烦，吃东西不许掉一粒渣渣在地上。走路不许用手碰庄稼，更不用说拔一棵玩了。印着字的纸，不许随便扔垃圾堆里，响雷要打头的。我奶奶相信报应，相信因果轮回。她把她的信念，无形中渗透给我们兄妹，我们长大后，一个个虽无多大出息，但都善良本分。

我就这么想了一会儿我奶奶，她的样子，在我脑中浮浮沉沉。推算一下，她故去也有七八年了。真快啊。这个新年里，我想对她老人家说，我很感激她，教会我善良。我祝她老人家新年快乐。

我又想了些别的人和事。人的思绪真的有点怪，"天马行空"这个词造得好，它是专门用来说思绪的。人最管不住的，就是思绪了，心也管不住它。你不知道它什么时候会跑过来，又将跑向哪里去。一个思绪跳出来，有时很是莫名其妙，与此情此景都不搭界，但它就是来了，你的心只能跟着走。就像此刻，我坐在七楼我的家里，我害着牙疼，一边很努力地咀嚼着小半碗米饭。阳光在我的窗台上撒着欢。窗台上一盆蟹爪兰，扛着红肥的花苞苞，眼看着就要开了。我的眼前却晃出茅舍田埂来，有葵花朵朵向阳。扁豆藤把半个茅舍都缠住了。南瓜花趴在草垛子上。挥着竹竿赶着鸭跑的邻家老头子，嗬嗨嗬嗨唱着他自己才听得懂的歌。老头子单身一人，会哄我们小孩子玩，编个鸟笼或是小提篮什么的。我们追着他要，笑声四处飞溅。老头子常害牙疼，有时捧着半个肿了的嘴巴，倚在我家门口说话。"老啦，不中用啦，又不能吃啦。"他说。我爷爷奶奶会出主意，喝点南瓜糊吧。

老头子后来早早去了地下，一些年后，我爷爷奶奶也去了。他们的坟相隔不远，这真好，他们做了一辈子的邻居，又将永远做下去。我相信，地下的他们，一定常常碰面，聊聊屋角头是种扁豆好，还是种南瓜好这样的话题。

我又想到我妈。我总爱闹牙疼多半遗传自她，我妈的牙不好，年轻时就不好，早早地掉得差不多了。有时我跟我妈开玩笑，我说多怨你，我老是牙疼。我妈便笑得万分抱歉，紧张地问："你又牙疼了？"我妈还把她的黑头发遗传给了我，她已七十多了，头发仍是黑的。我的头发，像她，一直黑得发乌，这是我引以为豪的。我妈也把她坚韧的品质遗传给了我，做事又勤奋又努力。——这些，我都没有跟她说过。

我妈留给我的记忆不温和，小时，她对我们兄妹几个，动辄非骂即打。我妈现在骂不动人，更打不动人了，她的背严重地驼下去，很难买到适合她穿的衣裳了。她变得温顺，像一团软塌塌的面团，看见我们回去，她脸上的笑，会一整天不掉落。买东西带给她，她总是受宠若惊，连连说，谢谢啊，谢谢啊。谁声音稍稍大一点，也能吓着她。看着她，我总忍不住想，这个人，就是这个人，她给了我生命，我多么感激。我真想把她搂进怀里，当孩子来宠，告诉她，不要怕，岁月再厉害，也有我在一边给你守着。——可是，岁月真的太凌厉了，它会逐一拿走她所剩不多的牙齿、头发、以及，眼神里的亮光，直至，她的整个生命。我所能做的，也只是祈求时光慢一点走，再慢一点走。

亦想起某个人来。那年深冬，夜深，雪飘，我闹牙疼，在电脑前黯淡。他电话来，说："你不要这么用功了，老是熬夜，真让我心疼的。"一句心疼，让我记挂了好些年。尽管后来我们关系日益浅淡，直至再无联系，我还是十分十分感激他。一想起他，就有满满的阳光，飞扑过来。

也在突然间，收到一个女孩寄来的枣片，不远千里，从她的家乡。她说："梅子老师，知您贫血得厉害，实在不放心，所以托人寄了这些枣片。这都是自己种的红枣自己用铁锅炒的，您在超市里应该不太好买。"每日里，我丢几片枣片泡茶，一小口一小口慢慢喝。枣的甜便在我的舌尖上打着滚，然后一滴一滴，慢慢融入我的血液里、我的生命中。

到古镇去寻古

古镇真的很古，始建于唐开元元年，且有个让人浮想联翩的旧名——东淘。东临大海，大浪淘金——金是没有的，却有盐，至清嘉庆年间，这里已有灶户19694家，灶丁48413名。傍镇有南北贯通的串场河，河面上整天船只穿梭，舟帆樯影。去时运盐，回时黄石板压舱。一日一日，那带回的黄石板，竟在镇上铺出一条七里长街。

有街，人烟必旺。于是，一家一家的店铺林立起来，连成一片，连成黛青的丛林。飞起的檐上，乌青的瓦当，展翅的燕似的，息在上头。上面刻着福、禄、寿、喜、财等吉祥的字样。做买卖的乡下人，肩上担一副担子，担子上搁着乡下的土特产。有时他会带了小儿来看稀奇，手里牵着，走上街头。那小人儿哪里见过这等热闹和繁华？脚步迈不动了，眼睛不够转了，隔着行人缝隙，指指店铺里那花花绿绿的糖人要买，指指冒着热气的肉包子要吃。乡下人节俭，也不富裕，哪能都满足了？被做父亲的呵斥着一路走去。也有要杂耍的，沿街的铜锣敲得"当、当、当"，找一块空地，一圈的人，立马围了去。

这是当年的尘世喧闹，如春天的金盏花开，瓣瓣都是金黄的灿烂。历史翻转过一页，再一页，千年时光，也是悠悠过。我在一个冬日的黄昏，走进古镇，一个人。街上有另一番尘世的热闹，现时的。商店的音响里，放着流行歌曲《遇见你是我的缘》。卖水果的摊儿，恨不得摆到街中央，橙黄的是橘，青中带红的是苹果。我绕过那水果摊，去寻七里长街。问街上走着的一个人，知道七里长街吗？他纳闷地看着我，笑问，哪里有？

亦笑。真的呢，历史已走了这么久这么远，好多的痕迹，早已被风吹雨打去，哪里可寻？但到底还是留了痕迹。黛青的房，在小巷里。明清时的建筑呢，门板已风化成紫黑，门板上的铜锁扣，锈迹深重。轻抚，感觉手底下，有历史的风，猎猎吹过。我与谁的手印重叠了？谁又曾在这个门里，笑望月升日落？不可知了。抬头，那乌青的屋脊上，长一蓬狗尾巴草，在这个冬日的黄昏里，它们很深沉地沉默着，仿佛也是一段历史。

小巷静。有的房内还住着人。有的房内，已不住人了。房都是几进几出的，好内容全在深深处，一家老小的饮食起居都在里头。有花草长得茂盛。庭院深深深几许。天色渐暗，老房子里的光线，便彻底地暗下来。探头过去，需要静等几分钟，方能隐约看见屋内的人和物什。有剃头师傅，还使着老式的剃须刀，不紧不慢地在给一个顾客剃头发。剃头师傅很老了，顾客亦很老了，他们的身影，隐在一段幽暗里，是一段旧时光。没有什么声音可以打扰他们，他们在旧时光里，安详。

再有一间房，房内摆满布鞋，一个老人，正抽拉着鞋线——他在做布鞋。我想起那些年月，母亲坐在煤油灯下纳鞋底，白棉线抽得"哧、哧、哧"的，冬天的深夜，因此有了温暖。沿着黄石板铺成的街道，慢慢走，我想，这上面，不知走过多少双布鞋呢，不知走过多少母亲的牵挂和疼爱。富商也好，盐民也罢，总有一个母亲，在为他祈愿，岁岁平安。这样一想，再古老的历史，不过是母亲的历史。

真的就见到一个母亲，很老的母亲了，百岁老人呢。七十多岁的儿子，守着她，在老房子里过。我进去，老人拄着拐，站门边，笑吟吟看我。她的儿子是她最好的讲解员，讲她这么大年纪还穿针走线，吃饭穿衣，都是自己打理。还说一事，说她自从嫁过来，一直义务清扫周围的街道，前两年还清扫呢。儿子说时，做母亲的一直侧耳倾听着，很放心很满意的样子。上帝厚待仁厚之人，这个老人，就是最好的见证。我转头，看到几盆植物，在小院子里，绿得欣欣向荣。

保存完好的鲍氏大楼是必去看一看的。建于清代的鲍氏大楼，一律的徽式建筑。这里曾经车如流水马如龙，是占地三千多平方米的钱庄，房屋一直延伸到串场河边。每间房的设计都独具匠心，连支撑柱子的石础，也马虎不得，上面精雕细琢着一些动物，或花卉。鲍家有后人，守着一间房。是个很精神的老阿婆，围着家常的围裙在做家务。见到有人来，笑着搭话，伸手一指案桌上一个相框，里面一男子风度翩翩。那是我男人，她说。

我笑。无端地想起一句词来："雕栏玉砌应犹在，只是朱颜改。"出门来，院子里静。照墙站成暗哑的暮色风景，下面爬满岁月暗生的绿苔，不见了曾经的车水马龙。有人在照墙上探了头看我，忽又隐到后面去了。四周真静啊。

沿着麻石板铺成的小甬道，一路西行，搭眼望去，就是串场河了。当年河水涟涟，波光桨影，现而今，河已塌陷，水也很浅了。这个季节，荒草和芦苇，都顶着一身的枯黄，让人心里顿起凄凉之感。无论岁月曾经如何繁华，谁能拽住岁月的衣襟呢？我们能做的，一是怀念，二是珍惜。

还有汪氏建筑群，还有吴氏家祠，还有万氏古宅、郝氏古宅，还有朱家大院、曹家大院，还有钱维翔故居、袁承业故居……

九坝十三巷七十二个半寺庙，到底是怎样的鼎盛？

那里，盐民哲学家王艮在漫步，平民诗人吴嘉纪在徜徉。

风从南边吹过来，又从北边吹过去。扬州八怪之一的郑板桥，对着秋风吟出"一庭春雨瓢儿菜，满架秋风扁豆花"，现世安稳的模样。只是他住过的大悲庵呢？不见了。那里长一棵苦楝树，有鸟从光秃的枝头飞过，一路高叫着飞到别处去了。

人类的承接，原是错综纠缠的脉络，树根似的，盘结而下，与坚实的大地紧紧相连。当我们触摸到那个源头时，我们懂得了，历史的另一个名字，叫厚重。我们唯有尊重和敬畏。

捡拾幸福

我上下班，常要从一条小巷过。有时骑车。有时乘车。也偶尔，会步行。

小巷很有些年岁了，两边的房都泛着灰。大多数是老式平房，有天井纵深。朝向巷道的一面，开着小店，卖些杂七杂八的日常生活用品。还有蛋糕店、馒头店、卤菜店、理发店、水果店、裁缝店，和一家报亭等。一些小摊见缝插针摆在路边，是些乡下农人来卖时令果蔬的。蚕豆上市了卖蚕豆。草莓上市了卖草莓。青菜上市了卖青菜。来自山东卖炒货的一对老夫妇，在一幢房的边上，搭了棚屋住，一住就是二十多年。炒货一袋袋，香喷喷，摆在棚屋门口卖。那里的空气中，便常伴着炒货的香。

巷道边上，长着成年的海桐、合欢、荷花玉兰和栾树，绿荫如顶。人是有福的，大多数时候，抬头就能见花。白，或红，大团的，或大朵的，总是不知疲倦地开。只是日日相见，我们多的是熟视无睹。步履匆匆，花白花红，不落一点到心里。

那日，我又经过小巷，照例行色匆匆。我走过一家小店，又一家小店，无意中一瞥，看见卖炒货的那对老夫妇，正守着他们的炒货摊，在合吃一只橘。午后三四点，风轻云淡，客少人稀，这清闲的一段时光，是属于他们的。他们肩并肩坐在那儿，你一瓣橘，我一瓣橘，吃得幸福满满的，脸上是闲花落尽后的安然。

我被他们手中的一只橘子击中，傻傻地看他们，看得眼睛微湿。我望见了这个尘世间最朴质的相守，无关山盟，无关海誓，无关富贵荣华，只要稍稍转过头来，你就能望见我，我就能望见你。

再看眼前的寻常，突然变得样样生动。那些旧的房，是生动的。一缕阳光斜斜地打在上面，波光粼粼，如小鱼在跳舞；守着小摊卖水果的女人，是生动的。唇上一抹红，印在她黝黑的脸上，分外夺目。显然，她是抹过口红的；有孩子的笑声，从幽深的天井里传出来，清脆丁零，是生动的。他在玩什么游戏呢？童年时光，寸寸金色；乡下来卖果蔬的老农，是生动的。他半蹲着，笑眯眯看街景，脚跟边，堆一堆新鲜的芋头。我买几只，想回家做芋头羹吃。他帮我挑拣大个的，殷殷说，全是地里长的呢。为他这一句，我笑了半天。

还有那些树，是生动的。我稍一仰头，就与一捧一捧的红蒴果相逢。那是栾树的果，望过去，像纸叠的红灯笼。它把生命的明艳，一丝不苟地写在秋的册页上。

迎面走过来的女孩，是生动的。她手捧一盆新买的玉簪，且走且乐，脚步轻盈，眉目飞扬。

我不再急着赶路，而是慢慢走，微笑着看。看天，看地，看树，看花，看人。我像踩着一朵云在走，心里充盈着说不出的美好。这个寻常的秋日午后，我捡拾到了大捧的幸福，那是一只橘子的幸福。一缕阳光的幸福。一抹口红的幸福。一朵笑声的幸福。几只芋头的幸福。一捧红蒴果的幸福。一盆玉簪的幸福。是这个恋恋红尘中活着的幸福。

买一把葱回家

爱葱。这爱，仿佛天生。小时祖母烙饼，我在一旁总要仰了头，再三恳求，要放多多的葱花呀。印象里，葱花大饼，是天下最美味的食物。

也喜欢看着葱绿一排，在门前，很安静很温馨的感觉。乡下女人都喜欢在门前栽一排葱，饭时，菜里透了葱的香，家常日子，就过出奢侈来。葱花，葱花，她们这样叫。像唤一个被宠着的小女儿，绿衣裳绿身子，是骨子里的清秀。

待得成家，守着一个人，在一方檐下过日子，远离故土，别的不念，就念葱。饭菜里没有它，就觉得饭菜失了味。所以，每每去菜市场，我总要另买几把葱。卖葱的老妇人，都有着一张慈眉善目的脸，让人看着亲切。我蹲在她们篮子前看葱，看她们。满足地微笑。凡俗的世界，葱绿一片，我充满感恩。

回家，系上碎花围裙，在厨房里叮叮咚咚。把葱切碎成葱花，这碗里搁一点，那碗里搁一点。碗里的一点点绿，就成绿蝌蚪，游弋着，活泼可爱的样子。他下班回家，站在厨房门口看我，眼里都是笑，他说，你真像个小媳妇哪。

回头还他一个笑。喜欢这个称呼，小媳妇。多么的好，是穿盘扣的衫，扎着发髻的女子，一个家，是她一辈子最大的天。我虽生于现世，却喜那种单纯和含蓄。有地老天荒的味道。

也喜在碗里种葱。碗是吃饭的碗，栽上几棵葱，普通的碗，立即有了生机。有生命在里面呢，让你时时怀了喜悦怀了等待。葱很快在碗里绿起来，一碗的绿。不舍得吃，把它放电脑旁，写字的间隙，抬头看一眼。葱在碗里，碗在我心里。很安宁。我想起张爱玲喜欢的搭配色，葱绿配桃红。这是张爱玲的苍凉，是寂静无人厮守的苍凉。在我眼里，葱绿，却是温暖到家的，是岁月静好。想来，无论怎样传奇的女子，终究要有人爱着才行的。

碗里种葱，不是我的独创。中学时，女生宿舍旁住一位单身女老师，总是独来独往，形只影单。却极爱种葱，葱种在碗里，有四五只之多，置在窗台上，很有气势了。那一碗一碗的葱绿，在风里微微波动，像扬起的绿手臂。经年之后，回忆过往，我总要想到那一碗一碗的葱绿，不由自主的。也没有特别的场景和事件啊，记忆就是不肯将它忽略。某天，我辗转问到昔日同学，我们宿舍旁的那位女老师怎样了？同学说，早嫁人了，儿子都念完大学了。我笑起来，一颗心终于放下。

我所嫁那人，对厨房之事从来不闻不问。他不懂一碗水该放多少米才能煮出饭来。他不懂萝卜烧肉，先要把肉煮到八成熟再放萝卜的。某天，他突然心血来潮自告奋勇跑去菜市场买菜，回来时在家门口大着气儿叫，瞧，我买什么回来了！

出门去，看到他一手提着菜篮，一手举一把葱，对着我，像献宝的孩子。

我开心地笑了。他跑去买菜，竟没有忘了带一把葱回家。

一个记得买一把葱回家的男人，定是个好男人。

我们曾拥有怎样的幸福

　　瘫痪在床两年多的朋友，突然能扶墙而立了。那巨大的幸福，是穿心而过的，她激动得热泪双流，对人一遍一遍诉说她的幸福，你看，你看，我都能站了！

　　曾经，她不是个容易满足的女子，她认为她的生活，一团糟糕：工作不顺，升迁无望。在城里打拼十年了，所有积蓄加起来，还不够一套商品房的首付。男朋友谈了几个，却一个不如一个。心中的标尺却不肯降低，青春好年华，便在这寻寻觅觅中，渐行渐远。半夜醒来，她睁大眼睛对着黑暗，觉得这人生实在无趣得很。

　　后来，一场意外车祸，她死里逃生，却瘫痪了，她被乡下的父母接回老家。篱笆墙圈成的小院子里，一棵枣树，长得歪歪扭扭，那是她小时所有的甜。墙角边，争相拥挤着一些小野花，一朵一朵，素淡的，却极尽欢颜。她默默看着眼前这熟悉又陌生的院落，心里百转千回。昔日她曾极力想远离的贫穷与落后，而今，落在她眼里，都是亲切。她躺在床上，听院子里的鸡鸣狗叫，那个时候，她强烈羡慕一只鸡一条狗，因为，它们能跑能跳。她心里只剩一个企盼，那就是，能够站起来。

朋友的经历，让我想起一则故事，故事说的是一个年轻人，年轻人拥有漂亮的妻子，拥有一个可爱的儿子，还有一份不错的工作。可是，他却整天闷闷不乐，惆怅不已。因为，与周围的同龄人相比，他觉得自己混得很是窘迫，他没有小车，没有别墅，没有飞黄腾达。

　　焦虑不已的年轻人，去见佛祖。他问佛祖，我要怎么做才能获得快乐？佛祖说，去吧，明天再来。年轻人回到家，眼前出现的一切，让他如坠深渊：可爱的儿子生了病。妻子被车撞成植物人。他还莫名其妙被公司裁了员。

　　年轻人好不容易挨到天明，去见佛祖，不过一夜之间，他竟愁白了头。佛祖问他，年轻人，怎么才能使你获得快乐？年轻人答，我只要我的儿子能健健康康，我的妻子能恢复意识，我能找到糊口的事做，就是大幸福了啊。佛祖说，去吧，年轻人，你的幸福一直在等你。

　　年轻人回到家，他看到他的妻子，牵着儿子的手，正笑吟吟地站在家门口，像每一个寻常的日子一样，迎接他回家。一切都没变，却又与以往不同了，因为，他看到幸福在欢唱。年轻人走上前去，紧紧拥抱了妻子和儿子，喜极而泣。他顿悟，原来，他苦苦寻觅的快乐与幸福，一直就在身边啊。

　　只有等失去，我们才知道，在那些貌似平淡的一个又一个的日子里，我们曾拥有怎样的幸福：能跑能跳，是幸福；能吃能睡，是幸福；抬头看天，低头见花是幸福；有人可惦念，被人惦念着，是幸福；家人平安，岁月静好，那是天大的造化与幸福。

生命是用来爱和珍惜的

1. 这世上，总有比苦难更大的苦难，比厄运更大的厄运。你无房无车，以为不幸，可是有缺衣少食的，比你更不幸；你不甘心平淡庸常，总觉得怀才不遇，上天待你太薄，可是有家庭突遭罹难的，动荡不休，最大的愿望，是过上你那平淡庸常的日子；害眼疾的，远胜过断臂断腿的；断臂断腿的，又远胜过卧床不起的。总有更坏的结局存在，而你拥有的，永远不是那个最坏的。所以，庆幸。释然。而后，自我满足。

2. 别忽略了生活中那些细微的给予，一个微笑，一句问候，一声谢谢，一把雨伞，一杯热茶，一碗米饭……它们或许微不足道，然恰恰正是这些微小的光亮，温暖了我们的人生。

3. 你错过了桃花的盛开，不能再错过荷花的吐香。你错过了日出的壮美，不能再错过月升的恬静。人生经得起几番错过？有时，错过一季，也许就错过了一生。

4. 趁着还有力气行走的时候，多走走吧，别辜负了你的眼睛和耳朵，别辜负了那些好山好水。人生的行囊里，不单要装上事业和成就，还要装上清风和明月，花朵和鸟鸣，这样，我们的人生，才会变得丰盈。

5.有些纷争，其结果只是让自己受到伤害，得不偿失，何苦来哉？不如和解。与自己和解，与他人和解，与这个世界和解。有时，适当的妥协，不是懦弱，而是懂得珍惜和爱。

6.与其总等着别人来敲门，不如先把自己的门打开。风请进来吧。阳光请进来吧，你收获的，将不单单是他人的造访，还有爱和温暖的眷顾。

7.所有的相遇，都是隆重的，是生命中注定的一场约会。你没有走岔掉，你刚好来到这里。

8.世上之人，各有各的岁月要守，各有各的悲欢离合、喜悦安乐。所以，不艳羡，不自卑。你在你的世界里繁华，我在我的世界里盛开。

9.什么是奇迹啊？对于我们绝大多数寻常人来说，奇迹就是你没有被你打败，你战胜了你自己。

10.只要你愿意，你可以替一朵花微笑。替一朵云微笑。替一缕风微笑。替一泓水微笑。当你微笑起来，你会发现，整个世界都在微笑。

11.每个人的背后，都有人说好，也有人说不好。如果人人都喜欢你，你是神，不是人。所以，不必太在意别人的评价，做好你自己，足够了。说到底，活是一件很自我的事。

12.一些人来，一些人走。陌生成为熟悉。熟悉成为陌生。往来逝去，无一终止。不遗憾。不悲伤。所有的，不过自然常态。爱，或者不爱，也是自然的事。记住，或者遗忘，亦是一场自然。

13. 真正的强大，是内心的强大，无欲则刚。当你能够彻底放下名利得失、恩爱情仇，你就真的无所畏惧，所向披靡。

14. 生命是用来爱和珍惜的，而不是用来抱怨、仇恨和浪费的。

这世上，有我享不尽的良辰美景

几个朋友小坐，闲聊幸福的话题。窗外的春，已走到深深处，树上的叶，早已由嫩绿换成青绿。满世界的花朵儿，噼里啪啦开得欢。是蔷薇。是海棠。是月季。是虞美人。我的眼睛一直没舍得离开窗外。我说此刻，就在花开叶绿的此刻，我又觉得幸福了。

朋友们听了，一齐笑起来，问我，你就真的从来没有过烦恼吗？

我想了想，老老实实答，有，但我来不及抱怨。

是的，我来不及。每天，我要去问候我的那些植物们，那是家里阳台上的玫瑰和海棠，绣球花和茑萝。它们每天开几朵花，抽几片叶，我都知道。尤其那盆绣球花，冬天的时候，它的叶掉得光光的，瘦瘦的枝上，呈现枯败的样子。家里人都误以为它死了，把它弃于一边。某一天，它的根部，却意外地冒出几粒褐色的小苞苞，如婴儿新长出的牙齿。不几日，苞苞慢慢绽开，从里面竟抽出绿绿的茎和叶来，又是一盆活泼青春。生命就是这么神奇，在千回万转后，总能迎来明媚。

路边的植物多。我走过时，总要跟它们打招呼。那是栾树。

那是泡桐。那是槐树。那是紫薇。那是玉兰。它们抽枝，长叶，开花，结果，一年到头，如人一样地，忙忙碌碌，不虚度任何一天。低下头来，路边的泥土里，永远都有惊喜在等着我，蒲公英，婆婆纳，狗尾草，一长一大丛。它们勾起我许多回忆，关于故乡的，关于童年的。它们让我望见我来时的路，无论走多远，走多久，也不会迷失。

我也惦念邻家屋顶上的一棵草。有事没事时，我会站到窗口看看，像惦念一个人。那是鸟儿衔来的种子，或是风吹落的。草不管，草接受了这样的命运，在屋顶上的瓦楞间安了家。远观去，它像一只展翅的绿色大鸟，我总觉得它就要飞了。邻家有平房两间，有夫，有妇，和一个小男孩，还养了一只黄白相间的小狗。夫妇俩都是从外地来小城打工的，异乡的天空下，他们相遇，相爱，继而在这个小城安居下来，过起他们的烟火人生。看着他们进进出出，身后跟着可爱的小男孩，和一只摇头晃脑的小狗，我莫名地感动。他们拥有草样的精神。

鸟的叫声传过来，这边，那边。它们在绿树上。在花草间。在我的屋顶上。我微笑地倾听，想听听鸟儿在唱什么。仄仄平平，平平仄仄，鸟儿最讲音律了。我日日享受这样的天籁之音，人也变得洁净出尘起来。也有鸟跑来我书房的窗台上，是些小麻雀。北方人叫它家雀，有宠溺的意思在里面。它们在我的窗台上蹦蹦跳跳。窗台上有什么呢？除了风吹来的草屑，别无他物。但鸟儿就是快乐。——快乐原是不需要理由的。

月亮升起来了，清清亮亮。这个时候，我总不愿错过，要去月下散一会儿步。路边的树，变得端庄贤淑起来，大家闺秀般的。

月光筛下树的影子，投射到旁边一面粉墙上。在粉墙上，泼墨出一幅一幅的"水墨画"。树，房屋，人，在画里面生动。我一幅一幅看过去，为之倾倒。月亮是会作画的。这个发现，让我欢喜了好些日子。

闲时，再读无门禅师的一首禅诗：春有百花秋有月，夏有凉风冬有雪。若无闲事挂心头，便是人间好时节。我莞尔，把他引为知己。这世上，有我看不尽的红花绿草，有我听不够的宛转悠扬，有我念不完的人和事，点点滴滴，都是凡尘欢喜，我幸福都幸福不过来了，哪里还有时间抱怨？

那些旧物件里的念想

　　父亲有本记账本，跟随了父亲大半辈子，被父亲悉心保存着。红色的破皮面套着，纸张发黄，上面的笔迹，好些已模糊不清，小蝌蚪一般的，团在一起。——难怪，有它的时候，我们兄妹几个，都还未出世的。

　　账本里夹着一张小字条，小字条宽约两寸，长约二十厘米。上面写的话，早就印在我们脑子里了。那句话，像花朵微微吐蕊，是羞涩的一点点："煜，我喜欢你。"落款："毛小妹。"铅笔字，字迹齐齐地朝着一边倾斜，草芽儿似的，似不堪承载夜露的沉。

　　煜是我父亲的名。那个时候，父亲十八九岁，是面皮白净一后生，断文识字，又会吹拉弹唱。这样一青春少年郎，在一群大字不识一个的乡亲中间，很有点鹤立鸡群的意思了。虽说当时父亲家里的成分不好，但乡亲们还是推举他做会计，管几百户人家的账目往来。

　　年轻的父亲满怀激动，特地跑去几十里外的老街上，很奢侈地买回一本硬皮面的笔记本，专门用来记账。田间地头，父亲埋头写字的样子，一定像极一棵饱满的植物，蓬勃茂盛，吸人眼球。

毛小妹就是在这个时候，暗暗喜欢上父亲的。年轻的姑娘怀了极大的决心，写了字条，落笔是轻浅的几个字，却又是情深意长的："我喜欢你。"她把它偷偷塞进父亲的记账本里，也把它塞进了父亲的心里面。

父亲最终并没有娶毛小妹，而娶了我母亲。其中变故，父亲缄默不提，我们便无从知晓。但晚年的父亲，有这么一件青春的物件在，是颇得安慰的。他偶尔翻翻，会微微笑起来，那里面，他的青春正葱茏。

母亲也有件旧物件，是一件嫁衣。是母亲出嫁时，父亲送她的唯一彩礼。淡绿的底子上，散落着一些小红点，不过是件纯棉的袄子，母亲却珍爱得非比寻常。印象里，那件嫁衣一直躺在一只深红的樟木箱子底，散发出浓烈的樟脑丸的味道。箱子上，挂一把铜锁。我和姐姐对那只箱子，曾生出过无限向往，觉得那里面装着的，都是神秘和美。

每年梅雨前，母亲会咔嚓一下，打开那把小铜锁，搬出嫁衣，在大太阳底下晒一晒。母亲的手，轻轻抚过嫁衣，一寸一寸的阳光，便在她手底下蹦跳着，花朵一样的。我们站在不远处看，看呆了，黑瘦的母亲，衬着阳光的花朵，看上去多么动人。

这件嫁衣，母亲一直没舍得穿，即使在困难的年代。嫁衣便一直簇新簇新的，淡绿的底子上，撒着一些小红点。母亲还会在梅雨前，把它搬出来，搁在大太阳底下晒。她青筋盘结的手，抚过嫁衣，抚过那些小红点，沟壑纵横的脸上，现出极端温柔的神色。岁月的河流，在她手底下哗哗流过，那是一个女人一生中，最为完美的绽放。

突然想起曾看过的一部老电影，一个女人经历战乱，饥荒，一场又一场的斗争，身边的亲人，一个一个离她而去，只剩她侥幸地活了下来。余生也短，她独守在一幢旧房子里，抱着一只木匣子，坐在窗前，慢慢翻。木匣子里，有她年轻时的照片、年少时用过的几方手帕，还有从前的恋人写给她的信。她的手指，一下一下滑过那些旧物件，苍老的脸上，缓缓浮上了笑。窗前花树的影子，飘落在窗台上，堆得满满的，都是时光曾走过的样子。再孤寂惆怅的日子，有了这份念想，到底能像余炭似的，把她的心，暖一暖，再暖一暖。

　　岁月渐深，我对一些旧物件也特别地眷念起来。我翻找出当年中学时的日记本，在老家墙角积满灰尘的纸箱子里。那一刻，我的心竟狂跳不已，如同尘世里的再相逢。嗨，你还在这里吗？——哦，是的，我在，我在呢。

　　日记本一共五册，普通的记事本。一本封面上，印着个撑伞的女孩，雨巷深深；一本封面上是一树花开，树下有个放风筝的孩子；还有一本封面上，画着一扇窗，风吹动挂在窗下的风铃——符合当年我的心境，纯净，柔软，敏感，爱做梦。我翻开一篇，上面写道：

　　　　今日晴，心情却不晴，数学考得很糟糕。

　　再翻一篇，上面咬牙切齿着：

　　　　××，你等着，我不会让你小瞧我的！我一定会证明给你看的！

再一篇，上面只有一行字：

人生的意义，在于不断拼搏。

有时用圆珠笔写，有时用钢笔写，字不好看，笔画瘦长，远不似我今日的圆润。我心里却漫过一波一波的浪，感谢它们还在，让我不至于迷失了来时的路。

也问母亲找来我小时穿过的鞋。只有巴掌大，鞋头上绣着黄瓜花，那是我外婆的手艺。我望着鞋，惊奇于自己曾经那么的小。外婆的身影，穿云破雾而来。矮小的女人，一生活得贫瘠悲苦，却少听到她抱怨什么，脸上总是笑微微的。她一个人住，在草屋前，搭了竹架子长黄瓜，花开时节，形成天然的花廊。远观去，黄的花，大朵大朵，密密的，攀缘而上，攀缘而下，艳到极致，又淡到极致。外婆就坐在这样的花廊下做针线。安详得让人忘了时间流转。这世上，所谓的消失，原只是相对的。总有些旧物件，让走远的一切，重又一一走回。

有高中同学不远千里来，只为取回我手里的照片。她说她找不着她的曾经了，与过去有关的物件，全在辗转之中遗失。当她得知我还留有她当年的照片，竟为之兴奋得失眠。那是她贴在我的毕业留言簿上的，黑白的一寸照，上面一张稚嫩的娃娃脸，青涩着，素面朝天。多年之后的我们，站在车站的广场上对望，彼此早已不复当年的青嫩。"你看你看，这是那时的你啊。"我们这么望着留言簿上的照片笑，笑着笑着，就笑出了两眶泪。风轻轻拂过，身旁人潮汹涌。

总要等到一些年后，你才明白，一些旧物件里，藏着你的念想。旧日回不去的光阴——无论欢喜，无论疼痛，都是好的。因为，那是你曾经努力活过的印迹。

银杏黄

一

终于等来了露白风清。

我身体内隐蔽的一种渴望，按捺不住就要跳出来。我显得无端的高兴，看见什么都想笑，一颗心变得那么柔软，想对整个世界温柔。

怎么能够不欢欣呢？我等它等了那么久，也就要去赴约了。它更像是我一个人的秘密，是大自然郑重地交给我的秘密。

这时节，大自然的面孔最纷繁，一方面现出它的薄凉沧桑，一方面又端出它的丰饶美艳，你实在被它弄迷糊了。爱，还是不爱，有时真是个问题。

却不能不惊艳。比方说，你走着走着，突然逢到一地的菊花。大朵的，或是小朵的，哪一朵不是极尽欢颜，热情奔放得能把你燃烧了？你看着它，像被狐妖媚惑住，迈不了脚了，甘愿醉倒在温柔乡。

再比方说，你正在路边某个小亭子里小歇，鼻子里忽然塞满香甜，浓烈得你无力抵抗。你只能任由它牵着引着，一路寻到跟前去，细密的金黄的小花，多像害羞的小姑娘的眼。你明知道是它在调皮，在逗引，仍像发现新大陆似的，慨叹一声，哦，桂花开了哎。

三五文朋好友有空便相约，赏桂去吧。很有点古代文人的遗韵呢。有朋友会泡工夫茶，青花瓷的小杯，单单摆着，就叫人心动。更何况他说，要在山上的桂花树下，温上一壶。风吹桂花落，是不是也有几朵跳到青花瓷的小杯里？那样的景象，不能想，一想就痴了。

我要赴的，却是与一场叶子的约会。

二

我翻书，想找出一篇写它的，少。停车坐爱枫林晚，霜叶红于二月花——是写枫的。一重山，两重山，山远天高烟水寒，相思枫叶丹——还是写枫的。

它明明有着与枫同等的灿烂与火热，为什么就被忽略掉了？它真有点怀才不遇。

命运却又是仁慈的，同样赋予它空气、阳光、水，天空和大地。

我不知道它是不是也这么想的。每年再想见，它都很守约地扛着一树的黄，像扛着一树的黄花朵，神采奕奕。零星的，或成片的，一律都黄得透透的，每片叶子，都成了精。把周遭的空气，染得黄黄的。把半边天空，染得黄黄的。华丽着，高贵着。薄凉的风，因它，也有了暖意。

它的出色，也终于被人赏识，近一些年来，越来越多的城，在路边栽了它，当风景。

我去无锡，顺道去惠山赏枫，没想到，也与它相逢。它站在一堆火红的枫里面，好像刚刚梳洗完毕，浑身上下披挂一新，满头满身的艳黄跳跃出来，又活泼，又明媚，竟把枫给比下去了。

原来，它也在这里！我望了它笑，想对它说很多话，又觉得哪一句都是多余。

有新人来拍婚纱照。在满山的红里面，他们极聪慧地单单挑出它来，倚了一树的"黄花朵"，笑得恩爱甜蜜，地老天荒。

我退到边上，远远看，为它欣慰。它的身上，染上爱情色了。从此，它将穿行于凡欲的每一个日子，见证每一个烟火人生。

三

念及它，也总是要想到一个老人。

老人在上海。我只是在报纸上偶遇他，在一则新闻下面的图片里。

图片上，老人在绘蝶。他的手底下，聚集着彩色蝴蝶一只只，花团锦簇，姿态万千。

那原不过是些落叶——它的叶。老人一片一片捡起，用笔轻轻点染，就成就了它的另一场绚丽。

生命到底还有多少种活法？这永远是个未知数。正是这样的未知，才造就了生命的神秘与多彩，才有了敬畏、善待与向往。

收到一个女孩寄来的信。信里，女孩很用心地放了两枚它的叶。可能是放置时间久了，叶子变得又干燥又薄透，颜色却未曾褪去一点点，仍是最初的艳。我不想用金黄来说它，我以为俗了，它就是它的本色——我叫它，银杏黄。

女孩说，她最喜欢收藏银杏的叶子，每年，她都会捡拾很多，夹满书本。

女孩的身世，颇惹人怜惜。三岁那年，母亲离家出走，从此再没回过家。父亲因这样的打击，患了精神分裂症。小小的她，学会了照顾父亲，照顾自己。一路的艰辛，不与人说，人前欢笑，却在人后黯淡。一天，她偶与我的文字相遇，凉的心，一点一点被暖起来。她说，梅子姐，你的存在就是一道光，你温暖了我，我也会用这束光温暖身边的人，尽管是小小的力量。谢谢你，也谢谢我自己。我们都要好好的。

我把那两片银杏黄，粘到了我书房的墙上。我什么时候看过去，它们都像花瓣一样盛开着。又像蝴蝶一样的，张着翅膀，就要飞了。

要相爱，请在当下

多年前，我在我的一个高中女同学的毕业纪念册上，一笔一画写下这样的临别赠言：但愿人长久，千里勿相忘。想那时，七月当头，教室窗外，紫桐花落过，巴掌大的叶，布满树梢，阔而肥。阳光从树叶间，漏下点点滴滴，在教室的窗台上，晃晃悠悠。离别在即，青嫩的心里，定有离愁激荡，于是眼眸对着眼眸，认认真真地相约着，不相忘，不相忘。

多年后，她念初中的小女儿，成了我的热心读者。一天，那小姑娘偶翻她妈妈的毕业纪念册，看到我的名字和我手书的赠言，惊喜之下，发信息给我：梅子阿姨，你还记得有个叫倪素萍的人吗？

谁？这是我的第一反应。小姑娘随后发来我的临别赠言：但愿人长久，千里勿相忘。我极其陌生地看着，脑子里千遍过万遍筛，昔日的树影花影，全叠在一起，哪里分得清哪张脸与哪张脸？甚至，连名姓也难回忆起了。——当初的信誓旦旦，原是不算数的。

同样的年华，有过喜欢的男孩子，许诺过将来。将来，等我们大学毕业了，等我们工作了，一定要一起去海南看海。那时，

225

有歌流行，歌中有两句唱词：请到天涯海角来，这里四季春常在。我们一边哼唱着，一边向往着。彼时的心里，最大的甜蜜与幸福，莫过于海边相守。

后来，我们真的毕业了，我们真的工作了，誓言却被丢进风里面。起初还偶尔想上一想，再然后，生活的千锤百炼，早把当初的誓言，锤打成另一副模样了。偶一次，我翻到当年的日记本，上面白纸黑字写着呢，刻骨铭心还在，却像看别人的故事了。笑一笑，轻轻合上，依然塞到抽屉的一角去，让它积尘。那个男孩子的面容，我早已记不起了。

想来，在青春的岁月里，我们曾许下过太多承诺，任它们星星一般的，在青春的天幕上跳跃，闪亮。一腔的热情，只管如花一样，拼命盛放。以为山高着，水长着，地老天荒，我们，永远是不变的那一个。哪里知道，花有期，人会老。

也曾心心念念着要去一些地方：平遥，西藏，青海，新疆……每一处，都镶着金光。家里那人答应我，等将来，等我们赚了足够多的钱，我们就背起背包出发，一个月跑一个地方。以前我会为这样的承诺兴奋不已，现在，我不了。人生充满太多的不定数，那个遥远的将来，我能等到吗？退一步吧，纵使我等到了，只怕到那时，老胳膊老腿的，我也早已爬不动山，涉不了河了。

可爱的闺密在云南。秋日的一个午后，她路过一家慢迪吧，古朴的墙，古朴的门楣，古朴的桌椅，一下子吸引了她。她趴在雕着花的藤桌上，提笔给我写了一封信，边写边乐。投递日期：十五年后。我好奇地问，你在上面写了些什么呢？她神秘一笑，说，到时你就知道了。

天，我得等十五年！十五年？多长啊。花开，花谢，一季，又一季。到那时，于薄凉的秋风里，突然收到一封来自十五年前的信，我不知道，我该用什么心态去承受。欢喜抑或是有的，只是，更多的感觉，应该像做梦。过去再多再好的岁月，也与我无关了。

是的，要相爱，请在当下。当下，你看得见我，我看得见你，你的好，我全部知道。并且，我会沐浴着它的恩泽，愉快地度过这眼下时光。

踮起脚尖，就更靠近阳光

一

认识小鱼的时候，小鱼还在一家杂志社打工，做美编。我常给那家杂志写稿，基本都是小鱼给我配插图。她配的插图，总有让我心动的地方。如果说我的文字是咖啡，她配的插图就是咖啡伴侣，妥帖，恰到好处。

起初也只是零星地聊聊，在QQ上，在邮件里。她把画好的插图给我看，一棵草，一朵花，在她笔下，都有恣意狂放的美。"80后"的孩子，青春张扬，所向披靡。

小鱼却说，她老了。

我哂笑："你若老了，那我还不成老妖精啦。"我说这话是有根据的，我比小鱼，整整大了十岁。

小鱼哈哈乐了，说："你就是练成了精的老妖精，多让我羡慕。"我却分明窥见她的忧伤，在那纷纷扬扬的笑声背后，像午夜的花瓣，轻轻落下。

小鱼说："姐，我今天会做鸡蛋羹了。"

小鱼说："姐，我今天买了条蓝花布裙，很少穿裙子的我，穿上可是一万种风情呢。"

小鱼说："姐，我喝白酒了，喝完画漫画，一直画到大天亮。"

小鱼说："姐，我的新房子漏水了，气死我了。"我急："赶紧找物业呀。"她说："我找了呀，可大半天过去了，他们还没派人来，可怜我刚装修好的墙啊，漏出一条一条的小水沟，心疼死我了。"

……

不知从何时起，小鱼开始唤我姐，她把她的小心事跟我分享，快乐的，不快乐的。我静静听，微微笑，有时答两句，有时不答。答与不答，她都不在意，她在意的是，倾诉与倾听。

听她叽叽喳喳地说话，我的心里，常常漾满温柔的怜惜。隔着几千里的距离，我仿佛看见一个瘦弱的女孩子，穿行于熙攘的人群里，热闹的，又是孤单的。

小鱼说，她曾是个不良少年，叛逆、桀骜不驯。因怕守学校多如牛毛的规矩，初中没毕业她就不念书了，一个人远走异乡。

"当然，吃过很多苦啦。"小鱼叮叮当当笑，对过往，只用这一句概括了，只字不提她到底吃过什么样的苦。"不过我现在，也还好啊，有了自己的房，九十平方米呢，是我画漫画写稿挣来的哦。"小鱼拍了房子的一些照片给我看，客厅、厨房、书房和卧室，布置得很漂亮。"书房内的阳光很好，有大的落地窗，我常忍不住踮起脚尖，感觉自己与阳光离得更近。"小鱼说。

我看见她书房的电脑桌上，有一盆太阳花，红红黄黄地开着。我问："小鱼也喜欢太阳花啊？"她无比自恋地答："是啊，我觉得我也是一朵太阳花。"旋即又笑着问我："姐，你知道太阳花还有一个名字叫什么吧，叫死不了。"

小鱼说，她给自己取了个别名，也叫死不了。

二

二十五岁，小鱼觉得自己很大龄了，亦觉得孤独让人沧桑与苍老，开始渴望能与一个人相守，于是小鱼很认真地谈起了恋爱。

小鱼恋上的第一个，是个小男生，比她整整小四岁。他们是在一次采访中认识的，彼时，小男生大学刚毕业，到一家报社实习，与小鱼在某个公开场合萍水相逢了。小鱼自然大姐大似的，教给小男生很多采访的技巧，让小男生佩服得看她的眼神都是高山仰止般的。

小男生对小鱼展开爱情攻势，天天跑到小鱼的单位，等小鱼下班。过马路，非要牵着小鱼的手不可，说是怕小鱼被车子碰到了；大太阳的天，给小鱼撑着伞，说是怕小鱼被太阳晒黑了。总之，小男生做了许许多多令小鱼感动不已的事，小鱼一头坠进他的爱情里。

我说："小鱼，比你小的男孩怕是不靠谱吧？他们的热情，来得有多迅猛，消退得也就有多迅猛。"小鱼不听，小鱼说："关键是，我觉得我现在很幸福。"

那些天，小鱼总是幸福得找不着北，她的 QQ 签名改成：天上咋掉下一个甜蜜的馅儿饼来了？它砸到我的头啦！她说小男生陪她去听演唱会了。她说小男生陪她去逛北海了。她说小男生给她买了一双绣花布鞋……我一边为她高兴，一边又忧心忡忡，以我过来人的经验，爱情不是焰火绽放时的一瞬间绚丽，而是细水长流的渗透。

我的担忧，终成事实，一个月不到的时间，小男生便对她失了热情。她发信息，他不回。说好一起到她家吃晚饭的，她做了鸡蛋羹，还特地为他买了啤酒，等到夜半，也没见人来。电话给他，他许久之后才接，回她，忘了。小鱼把自己关在家里，喝得酩酊大醉。

小鱼问我："姐，你说这人咋可以这样呢？怎么说爱就爱，说不爱就不爱呢？"我不知如何安慰她，我说："小鱼，可能上帝觉得他不适合你，所以，让他走开。"小鱼幽幽地说："或许吧。"

小鱼的第二段爱情，来得比较沉稳。是传统的相亲模式，朋友介绍的，对方是IT精英，博士生，三十五岁的大男人。第一次见面，一起吃了西餐，吃完小鱼要打的回家，他拦住，说："我送你，一个女孩子独自打车，我不放心。"只这一句，就把小鱼的魂给勾去了。

他慢慢驾着车，并不急于送小鱼回家，而是带着小鱼到处逛，一直逛到郊外。他明白地对小鱼表达了他的好感，他说他是理科生，写不好文章，所以特别崇拜会写文章的人。傻丫头一听，喜不自禁，夜半时分回到家，竟一夜辗转难眠。

小鱼很用心地爱了。大男人买了她喜欢的书送她。教她做菜，做剁椒鱼头、虾仁炒百合。于是小鱼天天吃剁椒鱼头和虾仁炒百合。据她说，她的手艺，练得跟特级厨师差不多了。"姐，等你来，我做给你吃，保管你喜欢。"小鱼快乐地说。

小鱼给我发过大男人的照片，山峰上，他倚岩而立，英气逼人。我又有了担忧，这个人，太优秀了，太优秀的人，不适合小鱼。

还没等我说出我的担忧，小鱼那边的爱，已经搁浅了。小鱼只告诉我，他太理智了。就结束了这段让她谦卑到尘埃里的爱情。

小鱼后来又谈过两场恋爱，每次小鱼都卸下全部武装，全身心投入地去爱，但都无疾而终。小鱼很难过，小鱼问我："姐，你说好男人都哪儿去了？为什么他们都看不见我的好？"

我只能用冰心安慰铁凝的话来安慰她："你不要找，你要等。"

缘分是等来的吗？对此，我也很不确定。

三

秋深的一天，晚上八九点，我正在电脑前写作，小鱼突然来电话："姐，我看你来了，在你们火车站，你接我一下。"

我大吃一惊。与小鱼相识这么久，我们愣是没见过面，我曾说过要去西藏，小鱼说，那好，我们就在西藏见。可现在，她竟突然跑了来。

世上有两种女子叫人感叹，一种是初见时惊艳，细细打量后，却平淡了。一种是初见时平淡，相处后，却越发觉得她的好，举手投足，无一处不充满魅力。小鱼是后一种。

车站相见，小鱼给我的感觉很平淡，个子矮小，穿着随意。她看着我，眉毛眼睛都充满欢喜，亲昵地偎着我，唤我姐。我越来越发觉，她极耐看，大眼睛，还有两个小酒窝，甜美极了。

　　陪她去吃饭，陪她住酒店。她一张小嘴噼里啪啦个没完，说她路上的见闻，说她想给我一个惊喜。"姐，你吓着了没有？"她调皮地冲我眨着眼，把她从新疆带回的一条大披肩送给我，披到我身上，欣喜地望着我说："姐，你很三毛哎。"她在我面前转了一个圈，再看我，肯定地点头："姐，你真的很三毛哎。"

　　那一夜，我们几乎未曾合眼，一直说着话。在我迷糊着要睡过去的时候，她把我推醒，充满迷醉地说："姐，你说，多年后，我们会不会被人津津乐道地说起，说有那么一天，两位文坛巨星相遇了，披被夜谈。"黑夜里，她笑得哈哈哈。我也被逗乐了，好长时间，才止住笑。

　　第二天，我带她去沿海滩涂。秋天的滩涂，极美，有一望无际的红蒿草，仿佛浸泡在红里面，一直红到天涯去了。小鱼高兴得在红蒿草里打滚儿，对着一望无际的滩涂展臂欢呼："海，我来了，我见到我亲爱的姐姐了！"

　　我站在她身后，隔着十年的距离，我们如此贴近。我有一刻的恍惚，也许前世，我走失掉一个小妹，今生，我注定要与她重逢。

　　小鱼不停地给我拍照，一边拍一边说："姐，我要把你留在相机里，以后我不管走到哪里了，只要想到你，我都能看到你。"我也给她拍照，她在我的镜头前，摆足姿势，千娇百媚。

　　小鱼买的是当天晚上返回的火车票。车站入口处，她笑着跟我话别，跳着进去，突然又跑出来，搂紧我，伏到我的肩上。有温暖的液体，濡湿了我的肩。我拍拍她的背，我说："现在交通方便得很，想看姐的时候，就来，一年来两回，春天和秋天。"她答应："好。"

我是后来才知道的，小鱼秋天来看我，有两件事她没跟我说，一，她又失恋了。二，她辞了工作。

小鱼跑到她向往的西藏去了，在布达拉宫外的广场边，她给我写信，用的是那种古旧的纸。在信里她写道："姐，原谅我的自私，我去看你，是去问你索要温暖的。你放心，我现在很幸福，可以自由地做自己喜欢的事，行走，和寻找爱情。我始终相信，只要踮起脚尖，就能更靠近阳光。"

是的，踮起脚尖，就更靠近阳光。亲爱的小鱼，在西藏，你应该轻易就能做到。

幸福的中草药

　　小时，有邻家女人，奇瘦，脸苍白，是风吹吹欲倒的草人儿。母亲说，她有病。有什么病呢？不知。她男人人高马大的，常见他，在炉火上耐心地煎着一罐中草药。火舔着土黄的瓦罐，瓦罐里发出"嘟嘟嘟"的声响，热闹非凡。那些草药有好听的名字，譬如白芷和紫株，还有芫花，一枝香，一叶萩。

　　女人躺在一把躺椅上，很安静地望着煎药的男人，一方暖阳，静静落。这样的光景，有地老天荒的味道。那时我尚不懂地老天荒，但就是喜欢站在屋角，远远地望着他们，一望就是大半天，望得心里很满足。

　　女人吃过的中草药，大概可以成篮装。母亲有时在家谈到她，羡慕她的好福气，嫁了一个好男人，天天煎中草药给她喝。若换个男人，她的骨头，怕早就绿了，母亲这样叹。

　　从没见女人干过活，精气神好的时候，她撑着门，跟男人细声细气地说话，眉毛眼睛都在笑。男人煎好中草药，浓的汁液倒在一只小碗里，小心地吹吹冷，给她端过去。罐里的药渣倒在门前的路上，散发出浓浓的药香味。那药渣也是我喜欢看的，里面有做药引子的红枣，泛着甜蜜的乌。女人，男人，还有他们的中草药，在年少的我的眼里，很神秘。

后来，我因病也吃过一段时期中草药。那时我念小学，突然患病，四肢无力。母亲带我去看病。医生说，先吃些中草药调养调养再说吧。他在纸上唰唰地写着药名，我的心，在一旁欢快地跳。我终于可以亲近中草药了。我感觉自己一下子长大，大得像邻家女人一样，有点神圣。

母亲找来药罐，在炉火上给我煎药。一些草们，就在药罐里热闹，噗噗噗，它们发出温暖的声音。我只觉得快乐，有被人珍视的感觉。母亲却焦虑，怕我不肯吃这么苦的药，买了冰糖放一旁，说等药喝完了，就可以吃一颗冰糖。

我的病，不久之后好了。年少时喝药的温暖，却一直留在心底，它与家与爱连得很近。邻家女人这些年来，竟也是安康的。一次我回老家，见到她，很惊讶于她胖得很了，脸色红润。她在家门口喂一群鸡，大着嗓门跟从她门前路过的人说话。

我问母亲，她的病好了？母亲说，早好了，瞧她现在胖的！我笑，眼前飞过一片旧时光：男人，女人，土黄的药罐，在炉火上热烈着。噗噗噗，无数的草们，在药罐里相会。它们是我最初对幸福的理解和向往。

给人一朵花，胜过给人一把刀

1. 别把幸福想得太遥远，它有时，只是一低头的距离。低头，你看见亲人的笑脸，你看见朋友的笑脸，你看见，一朵花开了，一棵草绿了；别把幸福想得太复杂，它有时，只是一杯暖茶的相伴，一顿饭菜的守望，一句问候的抵达。这一些，你轻易都能做到。

2. 过多地嫉恨别人，将会丢失你自己。与其花大量时间去关注你的"敌人"，去寻他（她）的破绽好攻击他（她），莫不如转过身来关注你自己。努力一下，再努力一下，你或许比他（她）更优秀。想想吧，一生中，你若总在嫉恨别人，糊涂地就把这人生过完了，你的人生，活得将是多么憋屈！

3. 永远别嫌弃老年人的愚笨，别埋怨老年人的絮叨，别嘲笑老年人的迟缓与衰老。如果可能，尽量弯下你的腰，倾听他们，尽量宽容地送上你的微笑和鼓励。因为有一天，你也会成为他们，而这一天，就在不远处。

4. 别抱怨对孩子的付出，无论时间与精力，无论物质与精神。人生是一个轮回，你的父母，当初也是这样对你付出的。只是我们从来做不到，像爱孩子一样爱父母。

5. 这个世界，所谓的公平都是相对的。一味慨叹命运的不公，只能加重自己的创伤。我们还是把正遭受的厄运与坎坷，当作是上帝的考验吧，正视它，努力克服它。或许，努力了未必能改变什么，但不努力肯定改变不了什么。

6. 尽量挤一点时间看看书、听听音乐吧。文字与音乐的世界，最是纯洁，它可以安抚我们走累的心，让我们的灵魂，找到停泊的地方。

7. 别指望所有人都能懂你，有几个不喜欢你的人，那很正常。萝卜青菜，各有所爱。你做了萝卜，就做不成青菜。反之亦然；别指望别人成为你，再好的友谊，也要保持距离，走得太近了，难免发现瑕疵。给别人空间和自由，也是给你自己留有余地；别把你的喜好强加给他人，你喜欢吃梨子，别人未必喜欢。而别人喜欢吃樱桃，也未必合你的口味。各人有各人的活法，根本不好一比高下。最明智的做法是——尊重。尊重他人，尊重你自己。

8. 可以失望，但不可以绝望。失望之后，我们还可以重拾希望。而绝望之后，只有坠落。

9. 常怀一颗怜悯的心，在能帮人的时候，尽量地帮一把吧。这世上，帮人就是帮己，因为山不转水在转，水不转人在转，说不定哪天，就转到你了。如果实在能力有限，帮不了，我们也要做到不去伤害别人，不伤害，就是善。

10. 永远不要欺负比你弱小的人，那算不得本事，那只能叫可耻。

11. 容貌是上苍给予的，我们别无选择，只有接受它，无论美，无论丑。千万别对别人的容貌指手画脚，因为，你也并非长得无可挑剔。这世上，所谓的十全十美，是根本不存在的。

12. 给人一朵花，胜过给人一把刀。有时，事实的真相很残忍，你忍心用刀子在上面划拉吗？还是递过一朵花去，艳艳复盈盈，给人最切实的抚慰。记住：让人心怀希望与美好地活着，可以抵挡一切灰暗。

幸福的盘子

　　结婚后，我添置得最多的家什，就是盘子——菜盘、果盘、汤盘，形态各异五彩缤纷，像多姿的婚姻生活。

　　记得新婚时，我突然间拥有了一方属于自己的屋檐，恍惚得厉害。常常一个人，望着屋檐上方的一角天空傻笑，幸福的感觉，藤蔓似的，一丝一丝缠绕到心中。

　　那是两间朝阳的小屋，门前有小小的院落，装进两个相爱的人，已是足够足够了。小屋倚墙摆一些柜，结婚时新买的。空闲的时候，我喜欢反复打开那些柜看，里面空空荡荡的，我很满意那种空，我要用它来盛装我们的日子。那时的我，特像一个好不容易拥有了一大把花花绿绿蜡笔的小孩，急于在空白的纸上涂抹。

　　厨房里没有碗柜的，心里便渴望着添个碗柜。当时刚好新购了一架书橱，原有的书橱就成多余的了，我们把它改成了碗柜。外表漆成很诱人的奶油色，里面原先放书的那一方方小格子，用来存放碗盘杯盏再好不过了。碗柜改成的当天，我就跑到商店去，买回许多的盘子。是瓷的，纯白的底子上，卧一圈靛蓝的花，花瓣儿瘦长瘦长的，像叶，有种遥远的韵味。我抱着一叠盘子回家，感觉里，我是抱了满怀的幸福。我把那些盘子放到水池里，一只一只小心地擦洗，直擦得光鉴照人，摆到碗柜里，心便在那些光亮的盘子上快乐地来回徜徉。寻常的日子，极少有机会用到那些盘子，但每日里看着，也有无尽的欢喜。

后来我外出，别的不买，盘子总要买一只两只带回来的。一次在苏州，逛古旧的店，竟淘得几只古色古香的盘，不问价钱，掏光身上所有，把它们抱回来，满心里都是意外的惊喜。还有那些缤纷的果盘，一只只，精灵古怪的模样，被我小鸟衔草似的衔回家来，搁置在茶几上，柜子上，里面装一些新鲜的水果，家的甜蜜便一盘装了。

前些时搬进新家，我舍弃了很多旧东西，但那一碗柜的盘子，却一只也没舍得扔，我把它们全部带到新家。周日的上午，我坐在新家的地板上看书，书是三毛的《我的宝贝》。三毛写道："在我婚后，也喜欢上了盘子。"那行文字上方，有很阔绰的留白，留白处，印着一只幸福的盘子。我盯着那只盘子看，看笑了，回头寻望我家的盘子，茶几上的，桌子上的，碗柜里的，我统统把它们数了一遍。三毛的盘子是个半残的故事，而我，却很幸运地让我的盘子，把家常的婚姻一路盛装了来。

我考虑着，什么时候也在墙上挂上几只，让那些盘子，像寻窝的鸟似的，在我的小家屋檐下，做窝，栖息，安宁地入梦。

母爱不说话

母亲一直是偏心的。

姐弟二人，照理说，母亲应该更疼他。他比姐姐小，且是个男孩。农村人家，都把男孩当宝。何况他比姐姐聪明，从小读书好，捧回的奖状贴了满满一墙。

姐姐不，姐姐愚笨得很，念书念到小学五年级了，做加减法还要掰着手指头数。姐姐也体弱，整天病歪歪的，不是感冒就是头疼。母亲的一腔爱，却都洒在姐姐身上。穿的，紧着姐姐穿。他读初中了，还穿姐姐穿剩下的毛衣——大红的毛衣，远远就看得见，一团火似的。当时他们正学到一首杜牧的诗："一骑红尘妃子笑，无人知是荔枝来。"老师在讲台上讲到杨贵妃，说杨贵妃喜欢着红装，很是艳丽。同学们的目光便齐刷刷地落到他身上，从此，"贵妃娘娘"的绰号就叫开了。

他回家冲着母亲哭，再不肯穿那件大红毛衣。母亲只淡淡看他一眼，说，能保暖就行，讲究那么多做什么？再说，家里哪有闲钱给你置办新的？隔天，却给姐姐买了一件漂亮的棉外套。因为邻居的女孩穿了，姐姐喜欢，嚷着要，母亲二话不说，就给买了。

吃的，也紧着姐姐吃。那个时候还小吧，母亲给姐姐蒸了一碗鸡蛋羹。物质匮乏的家里，一碗鸡蛋羹是他小小的脑袋里能想象出的最好吃的食物。哪里有鸡蛋吃呢？鸡蛋是要换油换盐的。他盯着母亲手里的鸡蛋羹，上面泛着乳黄的色泽，在他的眼里，那是世界上最好看的颜色。母亲把鸡蛋羹径直端给了姐姐，他跟在母亲身后，小声说，妈，我也要吃。母亲转身看他一眼，说，姐姐病了，你又没生病。他眼见了姐姐一勺一勺，把一碗鸡蛋羹，美美地吃下去。

那个时候，他最大的愿望，是生一场病。夜里睡觉，他故意蹬翻掉棉被。这小小伎俩，被母亲识破，母亲一边帮他盖紧被子，一边骂，讨债鬼，你想累死妈妈啊！下雨天，他故意淋雨，落汤鸡似的跑回家。夜里，他真的发烧了，脸烧得通红通红，头脑昏昏沉沉。他很高兴地把滚烫的小手伸向母亲，说，妈，我生病了。母亲摸摸他的额头，给他泡了一杯生姜水灌下去，拿被子捂紧他，出一身的汗。第二天清早，他悲哀地发现，他的烧退了，他没有吃成鸡蛋羹。

他是发过誓的，有朝一日，他要把鸡蛋吃够。他发愤读书，一路把自己读到名牌大学去了。毕业之后，他留在了大城市，把美食吃尽，曾经的不堪，被他远远甩到身后去了。而姐姐，书只念到初中便念不下去了，回到家里，母亲养着她。

他极少跟母亲联系，倒是母亲常常打电话来，每次都说他姐姐怎样怎样，一万个放心不下的，还是姐姐。一次，母亲讷讷半天，跟他提出要钱——数目不小。他问，做什么用？母亲说，我想给你姐开家小店，卖卖小杂货什么的，也好让她日后有个依靠。

他的心立即被什么堵住了，这么些年过去了，母亲竟还是偏心的。他什么话也没回，挂了母亲的电话。

两个星期后，他突然接到姐姐的电话，电话里姐姐哭着说，弟弟呀，妈快死了。他霎时惊得魂飞魄散，怎么会呢，母亲六十还不到啊。

医院里，母亲面色惨白地躺在病床上，癌症晚期。医生说，癌细胞已扩散。他生平第一次，紧紧握住母亲的手，母亲骨瘦如柴。他的心里翻江倒海起来，这么多年，虽是怨着母亲，可是，是她给了他生命，供他读书成才，她是他血管里奔流着的一滴又一滴。

深夜，母亲在一阵剧痛后，平息下来。拉着他的手，目光久久落在他的脸上，母亲流下了泪，母亲说，这些年苦了你。也是到这个时候，他才得知，当年姐姐还在婴儿时患了脑膜炎，因就医不及时，留下了后遗症，母亲为此一直内疚着。

他让母亲安心，他说他会照顾姐姐的。母亲在听到他这句话后，微笑着闭上了眼睛。千斤重担终于卸下，母亲安静地去了。

他料理完母亲的后事，接姐姐去城里。老家的房子他给处理了。屋里的东西全部散尽，姐姐却偏要把一个香炉和几把香带走。他解释，城里不兴这个的。姐姐回答，不，妈以前天天都帮你给菩萨敬香，要菩萨保佑你平安的。姐姐说，我以后也要每天帮你给菩萨敬香。他一下子愣住了……原来，母亲的爱，一直在，在默默保佑着他。母爱不说话。他说，好，那带上吧。掉转头，风吹痛了眼睛，他伸手抚脸，不知什么时候，脸上早已爬满泪水。

人生如棋

棋界有术语："本手、妙手、俗手。"又有术语："善弈者，通盘无妙手。"我联想到《红楼梦》里的一个章节了，慕雅女雅集苦吟诗。写的是香菱拜林黛玉为师学作诗的事。林黛玉是写诗高手，香菱向她讨教如何作诗，她爽利地答应了，说这个不难，却随手甩给香菱一长列书单：

《王摩诘全集》，且把他的五言律读一百首，并细心揣摩透熟了；再读一二百首老杜的七言律；再读李青莲的七言绝句一二百首；然后再把陶渊明、应玚、谢、阮、庾、鲍等人的一看。

这还仅仅是先给香菱垫个底。可怜的香菱，整个人浸淫到这一堆诗书里面，没日没夜没天没地，几成疯魔。林黛玉这不是在出阴招吗，她干吗不直接教香菱一个写诗秘诀，让她一下子从"本手"，跃到"妙手"？答案是，林黛玉根本没有写诗秘诀。写作和下棋一样，也是从来没有捷径可走的，必须老老实实，一步一踏实地从"本手"做起，多读多练多思考，方能有所成。

读过《红楼梦》的人都知道，林黛玉在里面那是仙草转世，是天资过人的人物，是一等一的灵秀聪明。可纵使她有这样的天资，也是要异常谦虚地学习的。从她列给香菱的书单，我们不难看出，她一定读了很多很多书，练过很多很多诗。我们看到的她，不是手不释卷在吟诵，就是在创作，即便是荷把锄去葬个花，那么悲悲切切，她还不忘作诗，吟出一首《葬花吟》。她能在海棠诗社上一举夺魁，也就成了理所当然的事了。这世上，哪有什么天降奇才和"妙手"？背后都是一点一滴的刻苦。香菱照着她教的法子，几番苦吟揣摩，终出成果，作出一首写月亮的七言诗，中有"一片砧敲千里白，半轮鸡唱五更残"这样新巧的句子。它成就了香菱一生的高光时刻。

认识一个老书法家。老人家今年八十有二了，他从五六岁起，就练书法，每天要临两个碑帖，练完二十张大纸。这习惯，一直保持至今。他曾给我写过两个字：梅趣。笔力雄浑，恰似梅树傲立雪中，与天地斗趣。我把它挂在我的工作室，来我工作室的人见到，无一不欣赏赞叹。他在书法上获奖无数，然还是又谦逊又低调。我问过他，您都自成风格了，干吗还要照着字帖那么苦练啊？他回我一句，我永远是个小学生，我在这些字帖里面捕捉节奏感，每天捕捉一点点。

这话，我是琢磨了好些日子才算琢磨得有点明白了，我们的生活，无时无刻不处在节奏里，自然是有节奏的，春夏秋冬轮番更替，急不得。时间是有节奏的，一天二十四小时地过着，快和慢，都是由不得人的。做事是有节奏的，像烧火做饭，急火容易把饭烧糊了，慢火容易煮出夹生饭。对于做饭，如何烧火也是一门基本功。书法当然也是有节奏的，那节奏，在每个笔画的起落间。只有不断琢磨，不断练习，做好"本手"，才能找到自己的节奏。否则，你再有天赋，也只能毫无长进，日益平庸了去，落入"俗手"的巢穴。

人生如棋，每一个落子都听得见回响。我们唯有认真对待脚下的每一步，坚持不懈，一路向前，才能走出属于自己的风景。